왁자지껄 독서이야기

왁자지껄 독서이야기

지은이 | 한국독서논술학회

초판 1쇄 인쇄 | 2010년 10월 1일
초판 1쇄 발행 | 2010년 10월 5일

펴낸이 | 신중현
표지 디자인 | 박병철
펴낸곳 | 도서출판 학이사
출판등록 | 제25100-2005-28호
주소 | 대구광역시 중구 동산동 7번지
전화 | (053) 554~3431,3432
팩스 | (053) 554~3433
홈페이지 | http :// www.학이사.kr
ⓒ 한국독서논술학회,2010
ISBN | 978-89-93280-26-5 03800

왁자지껄
독서이야기

읽고 쓰고
써가듬는 독서

한국독서논술학회

향아사

현장 체험과 이론의 접목

　지금 우리 사회는 독서에 많은 관심을 보이고 있다. 독서에 관한 담론도 넘쳐난다. 이러한 독서 담론의 대부분은 책을 많이 읽어야 한다고 주장한다. 책을 많이 읽어야 한다는 주장은 책읽기의 중요성과 효능을 전제하지 않고는 불가능하다. 더러 이데올로기적 갈등으로 '분서갱유'에서와 같이 책을 말살하는 때도 있었으나 동서고금을 막론하고 책의 중요성을 강조하지 않은 적은 없었다. 책은 언제나 지식의 원천이고 문화의 산실이며, 삶에 희망과 지혜를 주는 위대한 것으로 인식되어 왔다. 심지어 책읽기를 '선'의 실천 행위로 여기기까지 했다. 이러니 오늘날 우리 사회에 확대되는 독서 담론도 새로울 것이 없는, 어느 시대나 있었던 상식적인 목소리에 지나지 않는다고 할 수도 있다. 그래서 독서를 강조하는 목소리를 귀담아 듣지 않고 흘려버리는지도 모른다. 하지만, 큰 반향이 없다 해도 책읽기의 중요성을 강조하는 것은 어느 모로 보나 환영할 일이다.

그런데 독서의 중요성을 외치는 목소리에 왠지 공허함과 안타까움이 묻어난다. 독서의 의의와 가치를 누구나 다 잘 알고 있고 그 실천에 문제가 없다면, 새삼 독서를 내세워 강조할 필요가 없지 않은가? 뭔가 어긋나도 크게 어긋난 것이 아닐까? 그렇다. 탈이 크게 났다. 많은 사람이 책을 읽지 않는다는 점이 그것이다. 읽지 않는 정도를 넘어 못 읽는 지경에까지 이르렀다. 이는 이미지 중심의 디지털 영상문화의 확대와 깊은 연관성을 지닌다. 표현과 소통의 중심 매체가 활자 언어에서 디지털언어로 급속히 전환하고 있다. 지배 매체의 권력 이동이 확연하다. 매체의 전환이 인간의 정신과 문화에 엄청난 변화와 충격을 준다는 점은 잘 알려진 바다. 활자 발명을 두고 '혁명적'이라는 수식어를 붙이지 않았던가? 매체는 인간 삶의 질적 변화를 가져오는 핵심 요인이다. 지금 우리 삶의 한복판에 들어와 있는 디지털문화는 책이나 독서에 우호적이지 않다. 이 같은 문화적 여건에 대한 인식이 따르지 않은 상태에서 활자문화의 총아였던 독서를 아무리 외쳐 봐도 공허한 메아리로 돌아올 가능성이 크다.

이제 독서의 의미가 아무런 저항 없이 수용되는 시대는 지나갔다. 생활실천의 당위적인 덕목 정도로 생각하고 독서를 권유하거나 지도해서는 판판이 실패할 것이다. 책의 소중함과 독서의 중요성이 당연하게 받아들여지는 시대에 독서교육은 훈계와 계몽으로도 충분했다. 하지만, 지배적 매체의 전환으로 말미암은 환경적 저항을 최소화하고 독서가 가진 항구적인 가치를 지켜가려면 체계적인 이론을 계발하고 실천 전략을 수립하지 않으면 안된다. 이에 요구되는 바는 무엇보다도 독서에 대한 자의식과 메타적인 시각일 것이다. 이런 점에서 독서의 중요성을 외치는 목소리가 실천력이 떨어지고 동어반복의 잡다한 소리로 들릴지라도, 포기하지 말고 독서 담론을 활발하게 생산할 필요가 있다.

이 책은 경일대학교 대학원 독서학과 교수, 졸업생, 재학생들의 독서에 대한 다양한 생각과 체험을 모아 놓은 것이다. 필자 대부분이 현장에서 독서지도를 담당하고 있다는 점을 장점으로 살리려 했다. 생생한 현장체험이 이 책을 탄생시킨 원동력이다. 하나의 방향을 설정하고 그것을 향한 일관된 목소리를 담기보다는, 의견과 색깔에서 차이를 보이는 개성적인 생각을 존중했다. 그리고 체계와 논리를 내세우기보다는 필자의 주관적인 체험과 생각을 에세이식으로 자연스럽게 풀어내도록 기획했다. 학술적인 입장에서 탄탄한 이론 체계를 세우거나 현실적으로 유용한 실천적 지침을 마련하려고 애쓰지 않았으나, 궁극적으로는 '독서지도'라는 점을 항상 염두에 두었다. 독서지도 현장에서 들여오는 다듬지 않은 자연의 목소리가 한데 모여 제 나름의 색깔 있는 화음이 만들어지기를 기대한다. '왁자지껄'이라는 말을 넣어 책 이름을 지은 것도 이런 연유에서다.

제 1장에서는 독서란 무엇인가, 2장과 3장에서는 어떻게 읽을까, 4장에서는 책 읽고 나서, 5장에서는 쓰다듬는 독서, 6장에서는 책에 빠진 사람들로 각각 구성했다. 주제나 주장의 중복이 없지 않으나 반복과 충돌이 크게 드러나지는 않을 것이다. 이론과 현장 체험의 접목을 대전제로 삼고 독서와 독서지도에 관한 학문적 탐구에 정진해온 우리의 노력은 여기서 멈추지 않을 것이다. 이번 결실을 발판으로 삼아 더욱 깊이와 체계를 갖춘 독서론을 정립해 나갈 계획이다.

이 책이 나오기까지 관심과 노력을 아끼지 않은 학회의 모든 구성원에게 감사드린다.

2010년 10월
한국독서논술학회장 신재기

■차례

제1장 독서란 무엇인가

제2장 어떻게 읽을까 1

제3장 어떻게 읽을까 2

제4장 책 읽고 나서

제5장 쓰다듬는 독서

제6장 책에 빠진 사람들

제1장

독서란 무엇인가

미래를 여는 독서의 힘

독서가는 정답 없는 미래의 지적 카오스 시대를
탐험하듯이 해답을 찾기 위해 떠나는 여행가이다.

제레미 리프킨은 『노동의 종말』에서 소유가 아닌 '접속하는 시대'가 도래할 것으로 예측했는데, 그 예측이 빗나가지 않았다. 네티즌은 정보의 바다를 떠돌며 필요한 지식을 찾아내려고 한다. 필요한 지식을 언제 어디서든 인터넷 검색을 통해 찾아낼 수 있다는 것은 얼마나 신기하고 유용한가. 그런데 문제는 여기에서 시작된다. 네티즌은 눈으로만 읽고 마음으로 읽지 못하고, 타인이 생성한 지식에 의존하는 경향이 강하다. 그 결과 검색에 의존하는 네티즌은 지식과 지식 사이를 '부유(浮游)하는 인간', 또는 '복사하는 인간'이라는 부정적인 명찰을 달지 않을 수 없다.

타인의 지식에 의존하는 '복사하는 인간'은 미래 사회에 진정으로 필요한 '지식의 핵'을 공부하지 못하기 때문에 참된 지식을

왁자지껄 독서이야기

갖춘 사람이라고 하기 어렵다. 여기서 지식의 핵이 무엇인가에 대해서는 여러 의견과 학설이 있으나, 많은 사람이 동의하는 것은 '교양'이다. 오늘날 교육과정에서 교양은 가볍게 인식되고 있다. 현재의 교육과정을 살펴보면 중등학교로 갈수록 교과를 전문화하고 세분화하며, 내용과 질이 심화되고 무거워지는 경향이 보인다. 이러한 현실은 대학에서 창의적 공부를 하기 어렵게 만든다. 문학을 가르치다가 프랑스 혁명을 논하려니까 프랑스 혁명을 모르는 학생이 많다. 상당수의 학생이 고등학교에서 세계사를 선택한 적이 없기 때문이다.

교양의 부재는 독서력의 부재와 관계가 깊다. 정보사회에서 영상과 마우스 클릭에 의한 즉답 반응형 사고방식에 길든 아이들은 책읽기를 매우 어려워 한다. 모니터에 의존해 온 학생들은 사고력이 약하다. 게임이나 인터넷에 지나치게 몰두하는 학생의 학업성취도가 낮다는 것은 여러 통계에서도 잘 드러난다. 어느 학교에서 정보를 담당하는 교사가 10여 년간 컴퓨터만 다루다 보니, 책을 읽는 데 종이의 저항을 심하게 느낄 정도로 독서하기가 힘들어졌다고 한다. 우리는 여기서 모니터와 대면하는 시간이 많아질수록 지적 순발력은 강해지나, 사고력은 약화한다는 것을 알 수 있다.

학교 제도권에서 실시하는 각종 시험과 대입수학능력시험 같은 평가방식도 독서력을 약화시키는 데 한몫을 한다. 성적이 좋은 학생일수록 어릴 적부터 성적과 관련성이 강한 교과목의 선수 학습을 요구받는 경향이 있다. 학교의 평가는 공정성 문제 때문에 흔히 답이 하나밖에 없는 객관식 평가 방식을 취하게 된다. 이때 객관식 평가에 잘 적응하면서도 학업 성취도가 뛰어난 학생은 대체로 감응과 반응에서 그 능력이 뛰어난 편이다. 분과적 교육 방식은 교양 교육의 방식과 달리 개인 간의 능력 차이를 발휘하는 데는 유용하다. 그러나 여러 사람과의 토의 • 토론을 통해 집합적인 지식을 개발하는 데는 적합하지 않다.

인간은 어떤 문제에 부딪혔을 때 자신이 기억하는 경험과 지식을 총동원하여 문제를 해결하고자 한다. 문제 해결에 가장 적합한 것을 선별한 다음 그것을 다시 조직하고 재구성하여 대응한다. 인간의 뇌를 연구한 학자에 따르면, 인간이 지식을 저장할 때 마구잡이로 집어넣는 것이 아니라, 구조화하고 단순화해서 각각의 주소에 넣어둔다. 이는 동일한 문제 상황이라도 사람마다 사용하는 경험과 지식, 재구성하는 방법에서 개인차가 있음을 말해준다. 그리고 문제에 대응하기 위해 활용하는 지식은 단편적인 것이 아니라, 뇌의 저장고 속에 갖추어진 지식을 총체적으로 새롭게 재구성하는 방식을 취한다.

사회는 부단히 변화하고 움직인다. 독서 활동은 고전적 교양으로부터 사회적 가치에 이르기까지 새로운 지식과 가치를 생성하고 통합해 나갈 수 있도록 해준다. 작품을 대할 때 독자의 정신 속에서 발생하는 이해의 지평은 장래에 필요한 '사회적 실제'로서 직업 생활을 영위하려는 꿈을 갖게 할 수도 있다. 또한, 독서는 실제로 그 꿈을 현실화하도록 능력을 축적하는 데 적합하다. 독서교육을 종이책에 국한하려는 것은 바람직하지 않다. 미래 사회는 더욱 다원화되고 정보화가 진척될 것이다. 새로운 디지털 매체에 의한 독서도 독서교육의 영역 속에 수용되어야 한다. 마찬가지로 하이퍼텍스트라는 '지식의 소재 찾기'도 새로운 독서 개념 속에 편입되어야 한다.

살다보면 다양한 문제가 발생한다. 그것을 해결하는 방법은 교양을 축적하는 것이다. 그러기 위해서는 널리 배우고 사색해야 한다. 배운 것을 사색하는 과정이 따르지 않는다면 지식은 쓸모가 없다. 이는 공자가 가르치고 알려준 공부의 방법이다. "배우기만 하고 사색하지 않으면 쓸모가 없고, 배우지 않고 사색만 하면 위태롭다."고 한 말은 교양을 위한 독서에 그대로 적용될 수 있다. 흔히 읽는 것과 쓰는 것, 생각과 행위를 분리하여 말하지만, 실제로 이 두 과정은 서로 유기적인 관계를 지닌다. 글을 쓰지 못하는 이유는 제대로 읽지 못한 때문이고, 읽지 못한 만큼 제대로 아는 것이 없기 때문이며, 알지 못하기 때문에 쓸 수 없다. 독서를 통하여 경험과 지식을 유기적으로 결합할 수 있다. 독서는 개인마다 독특하고 창의적인 방식으로 지식을 재조직할 수 있는 길을 열어준다.

−류우현

이제 독서는 전문 능력이다

이제 독서지도는 책을 많이 읽어야 한다는 가르침보다는
책을 읽을 수 있느냐 없느냐에 초점을 맞춰야 한다.
'책맹' 시대 독서는 전문 능력이기 때문이다.

독서에 대한 관심이 광풍처럼 일고 있다. 올해 들어 독서 관련 서적의 출간을 보면 놀랄 만하다. 독서론, 독서방법론, 독서체험기, 독서일기, 독서지도론, 독서치료론 등 관심 분야도 다양하다. 저자도 독서 전문가부터 정치가 및 연예인에 이르기까지 각계각층을 망라하고 있다. 학교나 도서관과 같은 공공기관뿐만 아니라 민간인 차원에서 운영되는 독서 프로그램도 다채롭다. 자녀교육 차원에서 학부모의 독서에 대한 관심도 진지하고 그 열기가 뜨겁다. 이러한 분위기는 스쳐가는 바람이 아니라 이 시대의 문화적인 흐름이다. 환영할 일이다. 이는 너무나 가벼워진 삶의 여건 속에서 우리의 황폐한 삶에 대한 반성적 자각 현상이 아니겠는가?

왁자지껄 독서이야기

독서의 중요성과 필요성을 새삼 일깨우는 것은 우리가 독서를 제대로 하지 못하고 있다는 현실의 반증이다. 책을 읽지 않는 사람이 너무 많다. 안 읽는 것이 아니라 못 읽는 것 같다. 문맹이라서 책을 못 읽는 것이 아니다. 문자를 해독할 수 있으면서 책을 읽지 못한다. 이를 '책맹'이라고 한다. 들여다보면 우리 주위에 책맹이 의외로 많다. 신문을 읽지 않고 못 읽는 것도 책맹이다. 책맹은 텔레비전 리모컨에 손만 닿으면 세상 돌아가는 이야기를 다 들을 수 있고, 컴퓨터 전원만 켜면 희한한 가상세계가 유혹하는데 신문의 문자를 따라가는 일은 어리석기 짝이 없다는 논리를 편다. 책이나 신문의 문자로부터 자극되는 세계보다 텔레비전이나 인터넷이 제공하는 이미지의 세계가 우선은 달콤하기 때문이다.

이미지의 시대다. 오늘 우리의 문화 현실은 문자매체에서 영상매체로 그 중심이 이동했다. 과학기술의 발전은 다양하고 재미있는 영상 이미지를 생산한다. 이미지는 직접적인 감각으로 다가오기 때문에 인지하는 데 편하다. 글을 읽고 생각하는 것은 귀찮다. 영상매체의 대세에서 문자매체의 지주인 책의 몰락은 거스를 수 없는 문화의 흐름이 아니겠는가. 그대로 받아들이면 될 터인데 왜 책인가. 왜 책을 내세우는가. 해답은 여기에 있다. 영상매체 시대가 가속화됨에 따라 문자매체의 의의가 재확인되기 시작한 것이다. 책의 중요성은 영상매체 시대에 대응하는 문자매체의 자기 변신이고 적응이라 하겠다. 책의 효용이 재확인되고 있음이다.

'책맹' 현상이 가속화될수록 독서의 중요성은 더욱 강조될 것이다. 오늘의 독서 열풍을 단지 시대 문화의 유행으로 해석해서는 안 된다. 지금은 책의 의의와 그 정체성이 새롭게 정립되어야 할 시점이다. 따라서 독서 담론의 확산은 현재 영상문화로의 쏠림에 대한 우려이고, 또한 이런 문제 해결을 위한 대응 방식이기도 하다. 이제 독서는 누구나 해야 할, 잘할 수 있는 평균적인 교양 영역이 아니라 전문성을 띠게 될 것이다. 책맹이 확대되는 시대에서 독서는 더욱 전문적인 능력으로 부각될 수밖에 없다. 독서의 중요한 부분이 정보를 얻는 것이었는데, 이제 그 통로가 다양해지지 않았는가. 정보를 입수하는 통로로서 책의 역할은 축소되었다. 책은 새로운 역할과 의의를 지니는 매체로 전환될 것이다. 따라서 독서의 의미도 재정립되어야 한다.

책읽기는 이제 계몽의 품목이 아니다. 교양을 쌓고 정보를 구한다는 독서 목적은 수정되고 있다. 이미지 중심 문화의 영향으로 생각하기를 귀찮아하는 현대인의 병적인 부분을 치유해 주는 것이 독서다. 독서는 디지털문화의 과잉 섭취로 말미암은 인간 정신의 기형적인 변화를 바로잡을 수 있는 가장 효율적인 방안이다. 어제의 상식 차원에서 독서를 권유하거나 지도하는 것으로는 성과를 거두기 어렵다. 책을 많이 읽어야 한다는 가르침은 누구에게나 유효하지 않다. 책을 읽을 수 있느냐 없느냐에 초점이 맞춰져야 한다. 많은 사람이 책을 읽지 못하는 '책맹'의 시대에서 독서는 앞으로 남다른 능력을 요구하는 전문 영역이 될 것이다. 독서의 목적도 새롭게 설정되어야 할 것이다. 독서는 디지털 시대에 대항하는 골수의 아날로그 정신이기 때문이다.

-신재기

인터넷 시대에 왜 책인가

독서를 통해 습득한 다양한 지식은 인간과 세계를 보다
풍부하게 해석해내는 원천이 된다. 책은 성공적인
삶의 절대조건은 아니지만 필요조건은 된다.

인터넷이 우리의 일상 속으로 들어왔을 때 머잖아 종이책이 사라질 것이라고 했다. 관공서의 모든 서류는 전자 결제로 대체되며, 교과서 대신 e-Book으로 공부를 하는 세상이 올 것이라고 예견했다. 일부는 현실이 되었다. 그때 사람들을 놀라게 한 것은 책이 사라진다는 말이었다. 책이 사라지다니, 정말 신세계가 도래하는 것인가. 하지만, 그 이후 시간이 흐를수록 책이 사라지기는커녕 책의 중요성이 점점 더 강조되고 있다. 아이러니다. 학교 교육현장에서는 물론이거니와 사회에서도 독서의 중요성이 더 커지는 역설적인 현상을 보노라면 세상이 재미있기도 하다. 학생을 자율적으로 선발하는 자사고나 특목고, 대학입학 사정관제나 면접에서도 독서 이력이 당락의 변수가 되고 있다.

왁자지껄 독서이야기

인터넷이 일상화된 시대에 왜 책인가?. 물론 그 이전에도 교양으로서 독서의 필요성은 늘 강조되어 왔다. 이제 독서의 필요성과 의의는 교양적 차원에만 국한하지 않는다. 독서는 좋은 대학을 가기 위한 필수적인 것이 되었다. 왜 책인가? 과거에는 많은 지식을 얼마나 오래 정확하게 기억하느냐에 따라 성적이 판가름 났다. 그러나 지금은 아니다. 인간 두뇌의 몇 배 용량을 가진 컴퓨터라는 기계가 등장했기 때문이다. 컴퓨터는 망각의 강도 없다. 사람의 역할은 예전처럼 지식을 저장하고 암기하기보다는 지식을 활용하고 창조해내는 쪽으로 바뀌었다. 넘쳐나는 지식과 정보 중에서 양질의 지식을 선택하고, 기존의 지식과 정보를 통합하여 재생산 해내려면 사고력이 전제되어야 한다. 풍부한 사고력을 키우는 데 독서가 가장 효과적인 방법이라는 것이다.

여기에서 독서의 개념을 한번 짚고 넘어가자. '독서'란 말 그대로 '책을 읽다'라는 뜻이다. '책을 읽는다'라는 말 속에는 독자의 시각이 깊이 개입되어 있다. 저자가 가공해 놓은 지식을 그대로 받아먹는 것이 아니라 독자의 시선으로 텍스트의 의미를 해석해내는 행위라고 할 수 있다. 진정한 독서란 무언가 끊임없이 의심하고, 질문하면서 사고하는 행위라는 것이다. 풍부한 사고력과 논리적 사고가 공부의 기본인 이 시대에 독서는 찰떡궁합인 셈이다. 책읽기가 단순한 지식 습득의 차원에 머무는 것이 아니라, 고차원적인 사고 행위라는 것을 증명해 주는 말이다.

미래형 인재는 지식 활용 능력이 뛰어나야 한다. 지식 활용 능력이란 창의적 문제 해결 능력과 상통하는 말이다. 거미줄처럼 얽히고설킨 복잡한 현대사회에서 날마다 부닥치는 문제를 창의적으로 해결하려면 상상력이 풍부해야 한다. 상상력이란 타자의 입장과 마음을 헤아리는 능력이며, 또 다른 가능성이다. '해리 포터'의 작가 J.K.롤링도 2008년 하버드대학 졸업식 축사에서 "상상력이란 모든 발명과 혁신의 원천이기도 하지만, 내가 직접 겪어보지 못한 타인의 경험에도 공감할 수 있게 하는 힘"이라고 말했다. 창의력과 상상력을 기르는 데 독서만큼 효율적인 방법도 없다는 말이다. 책을 읽으면 저절로 머릿속에 그림이 그려진다. 영상매체와 차별화되는 특성이자 책이 가진 장점이다.

'구슬이 서 말이라도 꿰어야 보배'라는 속담이 있다. 독서는 구슬 즉, 지식과 정보다. 독서는 구슬도 얻게 해주고, 꿰는 능력도 길러준다. 꿰는 능력이란 사고력과 상통한다. 상상력, 창의력, 논리적 사고력 등 미래 사회가 요구하는 고차원적인 사고력을 독서를 통해 배양할 수 있다는 점이 매력적이지 않은가. 새로운 디자인을 개발하고, 소비자의 마음을 움직이는 마케팅을 고안하고, 낱낱의 정보를 꿰어 하나의 완성된 지식으로 창조해 나가는 능력이 사고력이다. 또한, 독서는 자기 치유와 정서적 안정을 가져다준다. 바로 자기성찰의 힘이다. 삶의 여성에서 어려움이 닥쳤을 때 자기성찰을 통해 위기를 이겨내도록 해주는 내공은 책을 읽으면서 다져진다.

경주에서 감포로 가는 길에 한국 석탑 양식의 시원이 된 '감은 사지 3층석탑'이 서 있다. 1300여 년이 넘도록 탑은 그 자리에 그대로다. 바로 초석을 튼튼히 다진 자리에 탑을 앉혔기 때문이다. 세상은 빠르게 소용돌이친다. 누구도 미래에 대하여 정확한 예측을 못할 만큼 우리 삶의 자리가 불안하다. 인생의 초석을 다지는 길이 독서다. 어느 시대 어떤 상황에서도 흔들리지 않는 초석를 다지는 공부는 의외로 가까이 있다. 바로 책이다. 독서를 통해 습득한 다양한 지식은 인간과 세계를 보다 풍부하게 해석해 내는 원천이 된다. 책은 성공적인 삶의 절대조건은 아니지만 필요조건은 된다.

–이경희

지구를 지켜라

행복해지려고 인간은 변화를 꿈꾸는데, 그 변화의 힘은
책에서 나온다. 책은 우리 영혼을 파괴하는 세력과
의도로부터 나를 지킬 수 있는 최후의 무기다.

책을 읽어야 하는 이유는 무엇일까? 아이러니하게도 이 질문에
대한 답은 책에서 찾을 수 있다. 올더스 헉슬리의 『멋진 신세계』
는 현대 문명의 폐단과 미래에 대한 암울한 예언을 담은 작품이
다. 과학적 상상으로 만들어 낸 미래사회의 모습을 보여주며, 현
대 산업사회의 문제점을 비판한 수작으로 꼽힌다. 지배자 '무스
타파 총통'은 자신이 신봉하는 전체주의에 순응하는 인간을 만드
는 데 총력을 쏟는다. 모든 인간은 인공부화기에서 탄생하여 계
획적으로 길러진다. 그는 부화기에서 갓 나온 어린 아기에게 책
을 보여준다. 아기가 책이 있는 곳으로 기어가기를 기다렸다가
전기 쇼크를 주어 공포에 질리게도 한다. 그 아기들은 평생 책에
대한 본능적 증오심을 가지고 성장하게 된다. 전체주의를 꿈꾸는

왁자지껄 독서이야기

지배자가 자신의 욕망을 실현하려고 가장 먼저 한 일이 책을 증오하게 만드는 일이었다. 이 이야기는 책이 인간에게 어떤 의미를 가진 것인지 역설적으로 말해 준다.

　인류 최초의 책은 팔다리가 있고 숨도 쉬었다. 그것은 살아 있는 책, 인간이었다. 할아버지로부터 아버지에게로, 아버지에서 다시 그 아들에게로 전해 내려오는 동안 이야기는 깊고 풍요로워졌다. 그 이야기가 글로 남기까지는 오랜 시간이 흘러야만 했다. 로마의 귀족은 노예에게 이야기를 암기하게 해서, 파티가 끝난 후 손님에게 이야기를 들려주기도 했다고 한다. 인간의 지혜가 발달하면서 파피루스를 발명했고, 오늘날 우리 손에는 원하면 언제든 읽을 수 있는 책이 들려 있다. 책은 인간이 만들어 낸 위대한 발명품이다. 지금도 그 위대한 발명품을 손에 들고, 머리로 분석하고, 가슴으로 느끼는 자 얼마나 많겠는가? 그들이 꿈꾸는 세상을 책이 제공했고, 세상은 그 책들로 말미암아 더욱 풍요로워졌다. 더 행복하고 싶은 인간은 변화를 꿈꾸는데, 그 변화의 힘은 책에서 나온다.

　책은 독자에게 직접 말하지 않는다. 다만 활자를 가득 품고 독자 앞에 버티고 있을 뿐이다. 우리가 책을 찾는 이유는 무엇인가? 책을 통해 세상과 참 나를 만날 수 있기 때문이리라. 대화를 통해 하는 말은 필요에 따라 과장되기도 하고 순간적으로 거짓말도 섞인다. 상대의 기억이 희미해질 것을 확신하기 때문이다. 그러나 책은 점점 희미해지는 기억에 대해 걱정하지 않아도 된다. 완전히 잊고 있다가도 언제든 펼치기만 하면 그 자리에 있다. 모자라는 지식을 채워주든 흔들리는 인생을 잡아주든 책은 저자의 진정성을 담고 있다. 문제가 있다면 그것은 저자와 독자 간의 해석과 가치관의 차이일 뿐이다. 독자의 몫은 두 가지다. 책을 통해 만난 저자의 진정에 주장하거나 혹은 욕하거나.

　책은 우리의 욕망을 채워 준다. 무엇이든 이룰것 같은 젊은 시절, 넘치는 에너지는 세상을 정복하고도 남는다. 딱 한번 주어진 인생, 멋지게 성공하고 싶다. 그러나 세상은 부조리하고 불친절하다. 사람이 본능만으로, 패기만으로 살 수 없음에 절망한다. 이루지 못한 욕망에 패배한 자신을 변명하고자 책의 바다를 헤매다 보면, 그 욕망의 빈자리를 비집고 들어오는 것이 있다. 자신과 닮은 패배한 동지, 패배를 극복하는 길, 미래를 내다보는 상상력까지! 인간의 불완전함을 깨닫는 것은 덤이다. 유한한 인생에서 경험하지 못한 것을 펼쳐 놓으며 생의 울타리를 넓혀 준다. 책은 상처받고 고뇌하는 군상에게 그들의 상처를 이해하고 위로해 준다. 책을 통해 채운 지식이, 삶에 대한 이해가 주는 포만감이 욕망의 자리를 대신한다.

　'무스타파'는 아기에게 책에 대한 본능적 거부감을 심어주기 위해 전기 쇼크를 주는 방법을 이용했지만, 자신은 금고 속에 책을 숨겨 두었다. 『햄릿』, 『오셀로』, 『리어왕』, 『성경』까지. 인간을 만드는 단계에서부터 계획하고, 본능적 욕구마저 통제해 자신이 꿈꾸는 사회를 건설하려고 했던 무스타파 총통. 자신의 꿈이 붕괴될 조짐을 보이자 조직에서 벗어나려는 조직원을 책 속의 구절을 이용해 설득하려 든다. 물론 그는 책의 저자가 의도하는 본래의 의도를 벗어나 자신에게 유리하도록 해석한다. 이것은 무엇을 의미하는가? 힘으로 사람을 지배할 수도 있지만, 영혼을 지배하는 것은 책이라는 뜻이리라. 그의 설득에 부하 존은 "나는 신을 원하고 시를 원한다."라고 외치며 제안을 거부한다. 지금도 무스타파는 어디에선가 자신의 실패를 만회할 새로운 제국을 건설하기 위해 우리를 노리고 있는지도 모른다. 책이 필요한 가장 큰 이유는 무서운 음모로 영혼을 길들이려는 '무스타파'와 같은 무리로부터 나를 지키기 위함이 아닐런지.

-이현진

독서 습관보다 더 빛나는 상속은 없다

'소가 물을 먹으면 우유가 되고 뱀이 물을 먹으면 독이 된다'는
말처럼 그냥 지켜보며 마음껏 상상의 나래를 펴도록
도와주는 것이 진정한 독서교육의 첫걸음이다.

2003년 베스트셀러 『독서열(Book Lust)』의 작가 낸시 펄
(Nancy Peart)은 책벌레들의 확실한 스타로 떠올랐다. 시애틀
공공도서관 사서였던 그녀가 제안한 '시애틀 전 시민이 책 한 권
을 같이 읽는다면'이라는 프로젝트가 큰 반향을 일으켰고, 이 프
로젝트는 여러 지역으로 퍼져나갔다. 그녀는 독서 장려에 공헌한
점을 인정받아 2004년 '미국여성도서협회상'의 50번째 수상자
가 되었다. 그리 유복하지 않은 가정에서 자란 낸시 펄은 항상 책
을 손에서 놓지 않았던 아버지의 영향으로 대부분의 시간을 공공
도서관에서 보낸다. 인생에서 무엇이 될지를 결정하는 것도 독서
라는 것을 그녀는 일찌감치 깨닫게 된 것이다.

말수가 적고 내성적이던 그녀는 『우주사관학교』라는 소설을 접

하게 된다. 그녀는 그 책에서 너무나 멋진 은하계 수호자 '태양 정찰대'라는 10대 소년을 만난다. 책을 통해 다른 세계를 경험할 수 있다는 것이 무슨 뜻인지를 비로소 이해하는 순간이었다. 그날 이후 낸시 펄은 독서를 통해 더 넓은 세상을 탐색한다. 『호빗』과 『반지의 제왕』은 너무도 매혹적인 이야기였고, 그녀가 가장 즐겨 읽는 장르의 하나가 되었다. 처음 독서는 호의적이지 않은 현실에서 달아나 숨는 도피처였지만, 곧 수많은 다른 비전을 배우고 껴안도록 해주는 도구임을 알게 된다. 훗날 사서가 된 그녀는 어린 시절 꿈을 가지게 해준 책이라는 선물을 다른 사람과 함께 나누는 삶을 산다. 그것은 자기 발견과 내적 충만을 가져다줄 여행을 시작하도록 독려하는 삶이기도 하다.

『내 인생을 바꾼 한 권의 책』을 읽고 도서관 사서로 첫발을 내딛던 그 시절을 떠올려 본다. 그때는 도서관에 오는 아이들을 참으로 사랑했고, 책을 통해 많은 꿈을 주려고 노력했다. 지금은 도서관에 첨단기기가 도입되면서 아이들과 대화의 시간이 줄어들었다. 안타까운 일이다. 사서가 편해진 만큼 대화 시간이 많아져야 하는데 현실은 반대다. 아이가 도서관에서 책 읽는 모습을 묵묵히 지켜보는 부모가 곁에 있다면 아이에게 책은 생애 최고의 선물이다. 어린 시절의 독서는 나이가 들수록 큰 빛을 발휘한다. 역사를 빛낸 인물의 대부분은 어린 시절 책에서 많은 영감을 얻었고, 단 한 권의 책으로 인해 인생이 달라졌다는 말을 하곤 한다. 독서량도 중요하겠지만 한 권의 책을 읽더라도 자신의 삶을 변화시킬 수 있는 책을 선택하는 것이 중요하지 않을까.

독서 습관보다 더 빛나는 상속은 없다고 한다. 도서관 현장에서 보는 자녀에 대한 독서열은 대단한 정도가 아니라 과유불급 수준에 이르렀다. 아이의 생각보다 부모의 성취 욕구가 더 강하다. 아이의 생각은 무시되고, 고학년이 읽어야 할 책을 다 독파했다고 자랑하는 것을 보면 안타깝기까지 하다. 지나친 부모의 성화가 아이의 자발적 독서를 방해하여 향후 책에서 멀어지게 한다는 것을 왜 모를까? 낸시 펄의 삶에서 보듯이 부모는 단지 아이 스스로 책을 통해 자기만의 여행을 시작하도록 독려하는 역할만 하면 된다. 자녀가 쉬운 책부터 읽기 시작하도록 도와주고, 책을 통해 재미를 느끼게 하고, 그것이 독서 습관으로 이어지도록 조용히 지원하는 것이 부모의 역할이다. 자녀가 원하면 끝까지 책을 읽어줄 수 있는 부모, 무던한 인내심을 가진 코치로서의 부모, 아이와 손잡고 도서관을 찾을 수 있는 부모가 되자.

-강왕구

독서의 즐거움, 두 가지 열쇠

독서를 즐겁게 해주는 두 가지 열쇠, 바로 흥미와 사색이다. 흥미를 가지고 천천히 생각하면서 읽는 것이 최선이다.

모든 독서에는 의당 읽기의 즐거움이 자리한다. 그래서 텔레비전이나 온갖 매체에서 새로운 이미지가 나날이 홍수처럼 쏟아진다 해도 읽기의 즐거움을 알고 있다면 하나도 두려울 것이 없다. 아이들이 책읽기를 싫어한다고 해서 독서의 즐거움이 아주 사라진 것은 아니다. 잠시 길을 잃었을 뿐이다. 그 즐거움은 얼마든지 다시 찾을 수 있다. 다만, 어떤 길을 통해서 그 즐거움을 되찾을 수 있을지를 생각해 보아야 할 것이다.

돌다리도 두드려 보고 건너랬다. 독서의 즐거움을 일깨우기 위해서도 조급함은 금물이다. 어른들은 책읽기가 누구나 지켜야 할 교리이자 철칙이라고 믿는 경향이 있다. 독서가 많은 사람에게 강박증을 일으키는 때가 허다하다. 또한, 독서를 장려하려는 다양한 교육 프로그램이 학생들의 독서 의욕을 떨어뜨리는 결과를 가져오는 것도 어제 오늘 일이 아니다. 그러니 참으로 아이니컬 하게도 무심한 부모가 오히려 제대로 된 교육을, 훌륭한 교사가 오히려 형편없는 교육을 실천하는 셈인지도 모른다. 즉, 급히 얻으려고 서두르지 않는 것이 확실하고 빠르게 얻는 길이다.

잘못하면 독서가 아이에게 가혹한 징벌이나 부모가 부여하는 무거운 일거리가 될 수도 있다. 독서는 어른이 아이에게 부과하는 고된 노동이다. 아이는 고된 노동의 징벌을 소화해 낼 만큼 인내심이 강하지 않다. 하지만, 부모는 독서를 하도록 할 가장 효과적인 수단을 취하는 데 열을 올린다. 그럴듯한 공부방을 꾸며주고, 독서 카드를 만들고, 출판사를 무색하게 할 만큼 온갖 전집류로 도배를 한다. 우선 배우고 싶다는 열망을 심어준 다음 책을 마련해 주어도 줄 일이다. 그래야 부모가 시도하는 온갖 방법이 작은 효과라도 얻을 수 있을 것이다. 그러니까 그 징벌의 방편이 아이를 즐겁게 하도록 해보자. 흥미, 이것만이 아이를 가장 확실하고 지속적으로 독서의 즐거움으로 이끌어 갈 원동력이다. 그 다음에는 부모가 뭐라고 하건 상관없이 어느새 아이는 책읽기에 빠져들 것이다.

책을 읽었으되 말이 없다. 한 권의 책을 다 읽은 후 누구에게도 드러내고 싶지 않은 자신만의 느낌으로 간직하고자 할 때가 있다. 그것은 책 속에서 그다지 화젯거리를 찾지 못한 탓일 수도 있지만, 자신의 느낌을 발설하기 전에 시간을 두고 설익은 생각을 가다듬으며 농익도록 뜸을 들이느라 그럴 수도 있다. 책을 다 읽었지만, 아직 책 속에 있는 것이다. 책에 대한 생각만으로도 버거워 일체의 언급 사절이 차라리 속 편한 피신처로 여겨지는 것이다. 책을 읽었기 때문에 말이 없다. 설사 누군가가 튀어나와 "재미있었어, 뭘 느꼈어?"라고 심문을 한들 답변을 이끌어 낼 수는 없을 것이다.

때로는 책을 읽은 후 겸손함으로 말이 없을 수도 있다. 명망 있는 평론가의 거들먹거리는 겸손이 아니라, 스스로 자각에서 우러나오는 겸손함이다. 이 한 권의 책으로 혹은 이 작가로 말미암아 내 인생이 바뀌었다고 토로할 수밖에 없는 고통스러울 정도의 고독한 깨달음이다. 또 다른 놀라움에 돌연 말문을 잃기도 한다. 나를 이렇게 뒤흔들어 놓은 책이 어째서 여태껏 세상의 판도를 조금도 바꿔놓지 못했던가? 책은 의식을 완전히 변화시킬 수 있을지는 몰라도 잘못 돌아가는 세상을 그대로 방관할 수밖에 없다는 것 때문에 아무 말도 할 수가 없는 것이다. 그래서 침묵한다.

독서에서 글을 읽는 것만큼 중요한 것이 사색이다. 책 내용에 자신의 경험이나 현재 상황을 대입해서 생각해 보고 다른 책과도 비교해 보거나 연관지어 보자. 자기 나름대로 해석하는 과정을통해서 책의 내용을 내재화하고 사고의 폭도 더 넓힐 기회를 얻을 수 있을 것이다. 유익한 책읽기의 또 하나의 열쇠는 사색이다. '책을 읽어치운다' 라는 마음가짐보다는 책에서 어떤 가치를 얻을 수 있느냐에 중점을 두자. 책을 무턱대고 읽는 것보다는 천천히 생각해가면서 읽는 것도 무엇보다 중요하다. 아이들의 책읽기도 마찬가지다.

-홍설아

책을 열심히 읽으면
좋은 대학 갈 수 있다

창의적 사고력을 기르는 데 가장 효율적인 매체가 책이다. 책에는
검증을 거친 양질의 지식이 풍부하게 담겨 있으며, 매체 중
신뢰도가 가장 높다는 점에서 교육의 중심에 놓이게 된 것이다

초등학교 5학년 신정환 어린이가 퀴즈 영웅에 올랐다. 정환이
는 '퀴즈대한민국' 이란 텔레비전 프로그램에서 역대 최연소 퀴즈
영웅이 되었다. 쟁쟁한 출연자를 재치고 어린이가 당당히 우승을
했다는 점에서 많은 사람의 주목을 받았다. 경북 고령읍에 사는
정환이는 책벌레이다. 학원에도 다니지 않는 정환이가 줄곧 전교
1,2등을 놓치지 않고 퀴즈 영웅까지 된 근원이 바로 독서였던 셈
이다. 정환이 어머니는 어릴 때부터 아이에게 책 읽는 취미를 갖
게 해주기 위해 매일 도서관이나 서점 나들이를 했다고 한다. 독
서가 습관으로 몸에 밴 정환이는 친구와 책에 대한 토론을 하는
것이 너무 즐겁다고 했다. 또한, 정환이는 시험을 치고 나서 틀린
문제는 관련된 책을 찾아 꼭 해결하고 넘어가는 자기 주도적 학습

습관이 잘 갖추어진 아이였다.

학교 교육에서 책이 중심에 떠올랐다. 예전의 독서가 교양 차원이었다면, 이 시대의 독서는 좋은 대학을 가기 위한 필수조건이다. 학교 교육의 변화와 입시제도가 교실 풍경을 변화시켰다. 문제집만 열심히 풀던 고3 학생도 손에 책을 들고 있는 모습을 심심찮게 보게 된다. 그렇다면 도대체 대학입시와 독서는 무슨 관련이 있는 것인가. 우리나라 모든 학생은 대학에 가기 위해 국가에서 시행하는 '수학능력시험'을 치른다. 수능의 핵심은 풍요로운 사고력과 논리력 평가다. 예전처럼 지식을 얼마나 많이 정확하게 기억하고 있는가에 대한 평가가 아니라, 사고력이 수능시험의 핵심이다. 따라서 우리나라 초·중·고교 교과서 편성도 사고력 증진에 목표를 두고 있다.

사고력이란 말 그대로 생각하는 힘이다. 컴퓨터의 저장 능력은 인간 두뇌의 한계를 넘어선다. 이제는 지식이나 정보를 애써 기억하려 하지 않아도 된다. 내가 찾고자 하는 정보가 저장된 곳을 찾아가는 길만 알고 있으면 충분하다. 그러나 정보를 골라내고 분석하고 활용하는 능력, 즉 지식 활용 능력은 인간만이 지닌 것이다. 미래 사회의 인재가 갖추어야 할 능력은 바로 창의적 문제 해결 능력이다. 세상이 글로벌화되면서 개인은 물론 사회문제가 점점 복잡한 양상을 드러낸다. 문제에 대한 정확한 진단과 분석을 통해 근원적인 문제 해결에 대한 대안을 찾아내지 않으면 안 되는 세상이 도래한 것이다. 개인이나 사회가 미궁에 빠져 헤매지 않으려면 창의적 사고력을 바탕으로 문제를 해결해야 한다. 이러한 창의적 사고력을 기르는 데 가장 효율적인 매체가 바로 책이다. 책에는 검증을 거친 양질의 지식이 풍부하게 담겨 있으며, 여러 매체 중 신뢰도가 가장 높다는 점에서 교육의 중심에 놓이게 된 것이다.

 교과서를 찬찬히 살펴보면, 기본적인 개념을 이해하고 그 개념을 바탕으로 지금 여기에서 지식을 어떻게 적용하고 활용하는가에 학습목표가 맞춰져 있다. 학교 시험의 평가 방식도 달라지고 있다. 예전의 사지선다형의 객관식 평가 방식으로는 지식정보화 시대가 요구하는 논리력, 사고력, 문제 해결 능력을 가진 창의적 인재를 길러 내기 어렵다. 앞으로 학교 시험이 서술형 평가 문항을 확대하는 방향으로 갈 것이다. 이제는 단순 지식의 암기를 측정하는 평가가 아니라 교과 지식에 대한 이해를 바탕으로 폭넓은 사고력과 문제 해결력을 측정하는 평가를 한다는 것이다. 변화하는 평가 방식에 대응하려면 평소 다양한 독서 경험을 쌓고, 문제에 대한 답이나 해결 방안을 논리적인 글로 표현하는 연습을 꾸준히 해야 한다.

 학교 공부의 평가 방식은 대부분 지필고사 방식이다. 물론 수행평가를 하기도 한다. 수행평가 방식 역시 보고서가 압도적이다. 이러한 추세로 보아 글로 자신의 생각을 표현하는 능력도 함께 길러야 한다. 아무리 좋은 아이디어와 생각을 지녔다 하더라도 자신의 생각을 논리적으로 표현하지 못하면 쓸모가 없다. 풍부한 어휘력과 표현력도 독서를 통해 습득할 수 있다. 독서를 통해 얻은 배경 지식을 바탕으로 자신의 생각을 제대로 표현하려면 전제되어야 할 것이 논리적인 사고력이다. 독서는 문제를 정확히 파악하는 이해력과 논리적 사고력, 풍부한 자기표현력을 기르는 지름길이다. 아무튼 잘 쓰려면 잘 읽어야 한다. 공부 방법도 바뀌어야 한다. 문제풀이식 공부가 아니라 교과서에 실린 기본 개념을 이해하고 논리적으로 서술할 수 있도록 준비해야 한다.

독서를 많이 하면 상위인지능력이 발달한다. 상위인지능력이란 기본개념을 바탕으로 응용력, 추리력, 상상력 등으로 연계하는 능력을 말한다. 미래사회에는 지식 활용 능력이 뛰어난 사람이 세상을 이끌 수 있다. 학원을 보내지 않고도 불안해하지 않고 대학입시를 차근차근 준비할 수 있는 길이 있다. 바로 체계적인 독서 훈련이다. 비싼 사교육을 시킬 수 없다면 자신의 능력을 한탄하지 말고 지금 바로 아이 손을 잡고 도서관이나 서점으로 가면 된다. 독서도 훈련이며 학습이다. 전기문이나 인물이야기를 통해 아이 스스로 인생의 로드맵을 그리고, 그들이 걸어간 발자취를 따라 책과 함께 걸어가도록 부모가 길을 안내해 주면 된다. 어린 시절부터 쌓인 독서력은 대학의 두터운 관문을 뚫는 열쇠이며 평생의 자산이다.

−이경희

인생역전의 기회

어떤 이들은 책읽기를 통해서 삶의 전환을 꿈꾼다.
새로운 눈으로 삶을 보기 원한다면 책과
친해지는 것도 좋은 방법이다.

왜 책을 읽을까? 간단하지 않은 질문이다. 텔레비전은 볼만큼 봤고 딱히 같이 놀 사람도 없으면 책장의 책을 뽑아든다. 하지만, 비범한 사람의 책읽기는 '놀랄 노자'다. 이름의 첫 글자만 대어도 누군지 알 만한 사람이 그러하다. 〈노인과 바다〉의 저자 '헤밍웨이', 바람의 딸 '한비야', 컴퓨터 바이러스 백신을 발명한 '안철수' 등. 이에게 붙는 말은 독서광이다. 읽은 책의 권수로 성공을 가늠할 순 없지만, 무시할 수 없는 조건이다. 현자들이 책이 어려운 줄 알면서 열심히 읽는 것도 기대하는 바가 있어서이다.

옛 선비들은 다섯 수레의 책을 읽어야 '책 좀 읽었네.'라고 말할 수 있었다고 한다. 요즘에는 전자책이나 CD굽기를 이용해서 다섯 수레보다 더 많은 책을 볼 수도 있지만, 책이 흔하지 않은 시대에는 만만치 않았을 것이다. 드라마에서 보면, 책읽기와 몰락한 선비의 생활이 겹친다. 글 읽는 선비는 쪼르륵거리는 배꼽시계 소리를 외면하고, 아내는 쌀 떨어진 항아리를 박박 긁는다. 인내심 많은 아내이거나 순종형의 아내라면 한숨짓다 말겠지만, 마님 체통 벗은 지 오래인 아내는 그냥 넘어갈 리 만무하다. "밤낮 책만 파고든다고 밥이 나와요, 반찬이 나와요!" 묵묵부답. 선비가 선견지명이 있다면 대번에 이런 대답을 했을 것이다. "책에서 밥이 나오네!"

멀리 갈 것도 없이 오늘을 보면 알 수 있다. 현대는 지식, 창의력, 참신한 아이디어가 대세이다. 새롭고 참신한 생각을 맨 땅에 헤딩하듯 퍼 올릴 수 있으면 좋겠지만, 현실은 그리 녹록치 않다. 학계는 물론이거니와 정계, 재계, 연예계를 막론하고 창의적 사고의 자질은 성공의 열쇠처럼 간주되고 있다. 성공담 뒤에 오는 자질의 원천은 책읽기였음이 심심찮게 거론된다. 책읽기를 통해 밥이 자연스레 해결되는 사람도 있다. 한 분야에 대한 광적인 책읽기를 통해 전문가 못지않은 자질을 갖추게 되고, 책으로 발간하는 경우다. 물론 결과가 좋을 때의 일이다. 직접 땔감을 구해 손수 지핀 군불에 밥을 지은 격이라 열매가 달고 보람도 클 것이다. 책읽기가 인생 역전에 직접적인 계기도 될뿐더러, 뭉근히 피어 올라 삶의 전환을 가져오기도 한다.

"책이 저를 살렸습니다."를 고백한 이가 산 증인이다. '성프란시스코 대학 노숙자 재활 희망의 인문학 과정'을 설립한 최준영 교수이다. 역시 희망의 인문학 과정 졸업생으로, 한때는 그 자신도 노숙자였던 안승갑 씨다. 안승갑 씨는 자신의 인생 역정을 담은 책도 펴냈고, 희망찬 미래를 꿈꾸며 재활에 성공했다. 우리나라는 2005년에 희망의 인문학 과정을 개설했는데, 최준영 교수는 그간의 일을 담아 『책이 저를 살렸습니다』를 펴냈다. 소외된 사람들이 고백하는 희망 읽기뿐만 아니라, 정체된 삶의 변주곡이 마음의 문을 두드린다. 안승갑 씨의 새 삶이 전적으로 책 때문은 아니라 하더라도, 책의 영향력은 부인 못할 사실이다.

『전태일평전』. 어느 노숙인이 지하도 상자 속에서 읽은 책이다. 한 끼의 밥도 아쉬운 그가 책을 손에 들었다는 것은 통념을 깨는 반전이다. 노숙인이 전태일의 삶을 보며 생각한 것은 무엇일까? 그들이 글쓰기를 통해서 자신의 모습을 보았다면 책을 통해서도 마찬가지일 것이다. 졸업생 중에 일부는 직업을 구했으며, 삶의 새로운 길을 가고 있다고 한다. 그들에게 있어 일하는 것은 밥을 해결하는 것 그 이상의 무엇이다. 책읽기와 별로 친하지 않은 사람이 책을 통해 새로운 삶을 꿈꾸게 된 모범 사례다. 그저 책읽기에 먼저 빠진 사람이 감출래야 감출 수 없는 비밀의 화원을 개방했다 셈치고 들어서기라도 해보자. 거닐지 말지는 들어가 보고 생각하자.

-이난영

고전 읽기의 의미

백 권의 책보다 감동을 주는 한 권의 책이 더 소중하다.
훗날 인생의 동반자처럼 따라 다니며 불쑥불쑥
나타나 마음을 보듬어 줄 것이다.

처음 한글을 깨쳤을 때 부모님이 사준 동화책을 기억한다. 두 꺼운 종이에 색색으로 인쇄된 동화책은 그리 흔하지 않은 시절이라, 모르긴 해도 수십 번 읽었을 것이다. 지금도 그 내용의 일부가 어렴풋하게나마 떠오르는 것을 보면 책이 다 닳도록 읽었던 것 같다. 감수성 예민한 청소년 시절에 읽었던 책은 장성한 후에도 가슴을 벅차게 한다. 온몸을 관통하는 파문이 수십 년이 지난 지금까지도 남아 있다. 예상하지 못했던 일이다.

다음 세대를 이끌 우리 청소년의 독서 환경은 과연 어떠한가? 자고나면 쏟아지는 책의 홍수 속에서도 성적 우선주의의 입시 환경 때문에 고전 한 권을 여유롭게 읽을 수 없다. 공부할 것이 너무 많고 읽어야 할 책이 너무 많아 고민에 빠진 청소년들. 불과

몇 해 전까지만 해도 대학이 논술을 강화한다는 정책에 각 학교는 학년별 필독 도서목록을 제시하고, 대대적인 도서관 리모델링 사업도 시행했다. 공공 도서관은 과제물을 해결하기 위한 청소년의 방문으로 북새통을 이루었다. 교양의 정수라 할 수 있는 고전 도서는 모두 너덜너덜할 정도로 대출이 많았다. 그런데 독서를 장려하는 교육정책이 몇 년도 되지 않아 시들해진다는 느낌을 지울 수 없다. 그렇다고 교육정책만을 나무라며 가만히 있을 수는 없지 않는가.

예전에는 읽을 책이 부족해 독서교육을 제대로 못했다. 지금 상황은 어떠한가? 학교에서 굳이 교양과 지식을 강요하지 않아도 교육에 대한 열정이 강한 부모가 뒤에 버티고 있다. 부모의 든든한 지원 속에 자라는 신세대는 아버지 세대와는 달리 책을 많이 읽어야 마땅하거늘, 현실은 그렇지 못하다. 초등학생에게는 부모들이 독서를 강조하며 책읽기를 장려한다. 문제는 본격적인 입시 체제로 들어서는 중고등학생이다. '경쟁에서 이기고 난 다음 독서해도 늦지 않다'는 논리에 명문대 입학이라는 부모의 욕심이 더해져 독서는 점점 뒷전으로 밀려나고 만다.

사실 학교도 문제를 안고 있다. 미국은 누구나 읽어야 할 고전 도서 두 세 권을 교과서로 정하고 그것을 중심으로 참고도서 수십 권을 읽도록 교육한다. 우리의 교육은 어떠한가? 컴퓨터가 필요한 정보를 꼭 집어주니 책읽기는 점점 줄어들 수밖에 없다. 사서 교사가 없는 학교는 학생에게 그냥 책을 많이 읽으라는 말밖에 할 수 없을 것이다. 그래놓고 어떻게 책을 통해 가슴 벅찬 감동을 찾고 행복감을 느끼라고 강요할 수 있겠는가.

　고전 도서 몇 권을 정해 천천히 제대로 읽을 수 있는 환경을 만들어 주자. 고전은 한 시대 구성원의 지적 화두를 치열하게 고민한 흔적의 산물이다. 그것을 디딤돌로 삼아 새로운 문제의식에 도전하는 책들이 고전의 반열에 오른다. 오늘날 우리의 문제를 진지하게 고민하고 그 대안을 찾고자 하는 청소년에게는 더없이 좋은 영양분이 되어줄 것이다. 좋은 고전을 몇 권이라도 제대로 읽어 보라고 권하는 이유가 바로 여기에 있다.

−강왕구

나의 독서론

독서는 평생의 일이다. 즐겁고 효율적인 독서가 되어야 한다. 어릴 때부터 적절한 독서지도를 받는 것이 좋다.

다산 정약용 선생이 유배지에서 자식에게 보낸 편지를 보면 가슴이 찡하게 저려온다. 폐족의 화를 당한 그가 역시 그 화의 피해자가 될 수밖에 없는 자식에게 보내는 절절한 부정을 느낄 수 있기 때문이다. 다산은 18년 유배 기간 동안 많은 편지를 자식에게 보냈는데, 그 내용의 대부분은 독서에 관한 것이었다. '독서 독려'는 다산이 취할 수 있었던 '자식 사랑'의 최선의 방법이었던 셈이다.

나 역시 아들이나 제자에게 들려주고 싶은 첫째의 조언은 '책을 읽어라'는 것이다. 매학기 학생들에게 빠뜨리지 않고 일러주는 말이 있다. 수불석권(手不釋卷), 손에서 책을 놓지 말라는 말이다. 오래 전, 모 방송국에서 소개했던 하버드대학의 정경이 아직도 기억에 생생하다. 촬영 카메라가 캠퍼스 구석구석을 누비는데, 거의 모든 학생이 손에 책을 들고 읽고 있었다. 강의실이나 도서관에 있는 학생들은 물론 식사 중이거나 다정하게 데이트를 즐기고 있는 학생까지도 책을 읽고 있었다. 그때 받았던 깊은 인상을 우리 학생들에게 기회가 있을 때마다 이야기하곤 한다.

사실 난 독서량과 인간 됨됨이가 정비례한다고 믿지는 않는다. 이런 생각을 피력할 때면 언제나 장 지오노의 『나무를 심은 사람』을 거론한다. 거기에 등장하는 양치기 엘제아르 부피에는 독서와는 거리가 먼 사람으로 보인다. 그럼에도 그는 자신에게 닥친 역경에 좌절하지 않고, 황량한 산을 거대한 낙원의 숲으로 바꾸는 엄청난 일을 해낸다. 수십 년 그를 지탱했던 신념이 독서에서 비롯되었을 것으로 볼 만한 꼬투리는 어디에도 없다. 독서를 하지 않더라도 많은 사람을 행복하게 만드는 그런 훌륭한 인물이 될 수 있다는 이야기다. 재미있는 것은 그 부피에란 양치기의 감동적인 삶을 내게 알려준 건 책이었다는 점이다. 그러니 역시 책을 읽어야 한다. 나 같은 보통사람이라면.

독서가 중요하다고 해서, 자라나는 아이들에게 아무 책이나 읽히면 그만인가? 그건 아니다. 그냥 읽기만을 강조하는 건 무책임한 일이다. '제대로 된 읽기'를 하도록 이끌어줄 필요가 있다는 말이다.

모든 아이가 똑같은 책을 똑같은 방법으로 읽을 수는 없다. 아

왁자지껄 독서이야기

이에 따라 적절한 책과 알맞은 독서법이 필요하다. 어떤 책을 어떻게 읽어야 하는가, 하는 문제를 아이들 스스로 푼다는 것은 거의 불가능하다. 전문가의 독서지도가 있어야 한다. 요즘처럼 볼거리가 넘치는 시대에는 더더욱 그렇다.

난 어린 시절 비교적 많은 책을 읽었다. 주위에 책이 많았던 덕분이다. 내가 섭렵한 책이 내게 어떤 영향을 어느 정도 끼쳤는지 일일이 꼽을 수는 없지만, 그것이 나의 성장에 요긴한 영양소가 된 건 틀림이 없다. 그만큼이라도 읽을 수 있었던 것을 감사하는 마음 한편으로 그 정도밖에 읽지 못했던 것에 대한 진한 아쉬움이 있다. 꼭히 독서량을 두고 하는 이야기가 아니다.

독서를 운위할 때면, 중3 겨울방학의 적잖은 부분을 할애했던 『일리아스·오디세이아』를 떠올리게 된다. 두꺼운 그 책을 처음 집었을 때 느꼈던 만만찮은 부담감은 지금까지도 잊혀지지 않고 있다. 그걸 집안의 이 구석 저 구석에서 뒹굴며 읽었다. 별다른 동기도 없었고 누가 시킨 일도 아니었다. 해치우지 않으면 자존심이 상할 것 같은 기분에 아가멤논이나 헥토르, 아킬레스 등 등장인물의 이름 읽기에도 바쁜 그 책을 부여잡고 씨름을 했다. 트로이 전쟁의 발단이 되었던 인간의 욕망이나 분노, 트로이의 목마를 고안했던 율리시스의 긴 항해와 그의 아들 텔레마코스를 가르친 멘토르 등에 대한 어렴풋한 이해도 그때의 독서와는 거의 무관할 만큼이나 오랜 뒤에야 이루어졌다. 지금 생각하면 참으로 한심한 비효율의 독서였다.

아직도 독수리 타법으로 타이핑에 필요 이상의 시간을 허비하고 있는 나는 효율이 떨어지는 독서가 초래하는 손실은 상상 그 이상이라고 생각한다. 틈틈이 손에 잡히는 대로 책을 읽는 것으로 손실을 메우려고 노력은 하지만, 어려서부터 체계적인 훈련으로 체득한 독서에는 비할 바가 되지 못할 것이다.

독서는 평생의 일이다. 즐겁고 효율적인 독서가 되어야 한다. 어릴 때부터 적절한 독서지도를 받는 것이 좋다. 지도를 잘 받아서, 스스로 읽을 만한 책을 꼼꼼히 챙기고 독서의 성과를 점검하는 한편 잘못된 버릇을 고쳐나가는 체계적인 독서 활동을 할 수 있게 된다면 그 자체만으로도 인생은 큰 행복을 얻은 것이라고 생각한다.

독서의 궁극적인 목적은 무엇일까? 행복한 삶, 그 이상의 목적이 있을까? 무엇을 어떻게 읽는 것이 행복한 삶을 위한 독서가 되는 것일까? 어린 시절의 '필독서'로 이 물음에 대한 답을 구해야 한다는 것이 나의 생각이다.

다산은 두 아들에게 참으로 엄하고도 세심한 스승이었다. "이번 겨울부터 내년 봄까지는 『상서』와 『좌전』을 읽어라"든가 "『고려사』『반계수록』『징비록』 등을 읽고 난 후에는 중요 부분을 베껴쓰라."라는 등 때맞춰 읽어야 할 책, 요점을 정리하는 방법까지 꼼꼼히 일러주었다. 그리고 때로는 '글자마다 흠투성'이라고 사정없이 꾸짖기도 했다. 다산은 폐족의 자손으로 운신할 수 있는 길은 독서밖에 없다는 생각으로 자식들을 독려했다. 그리고 그때그때 읽어야 할 책을 알려주거나 읽고 있는 책에 관한 충고를 했다.

이 시대를 사는 아이들에게는 이 시대가 요구하는 책을 먼저 읽도록 해야 한다. 그럼 무엇을 어느 시기에 읽도록 해야 할 것인가? 참으로 어려운 문제다. 그러나 책을 선정하는 데 적용해야 할 원칙은 분명하다. 행복을 추구하는 모든 어린이들에게 필요한 내용이어야 한다는 것, 그리고 남보다 앞서고자 하는 아이가 있다면 그 아이에게 꼭 필요한 내용이어야 한다는 것이다.

그렇다면 필독서를 찾을 실마리는 마련된 거다. 구체적인 예를 들어 보자. 아이들에게 '나비효과'를 이해시키는 책이 필요할 수 있다. 브라질에 있는 한 마리 나비의 날개짓이 미국 텍사스의 토네이도로 발전할 수 있는 것처럼, 목욕탕에서 쓰지도 않는 물을 틀어놓고 있거나 화장실에서 종이수건을 두세 장 마구 뽑아 쓰는 것이 미래의 엄청난 재앙으로 이어질 수 있다는 것을 깨우치도록 하는 데 큰 도움이 될 것이다. 아무데나 버리는 아빠의 담배 꽁초 하나, 깜빡이도 넣지 않고 느닷없이 차선을 변경하는 엄마의 운전 한 번에 우리 삶의 질이 얼마나 떨어지는가 하는 것도 같이 설명될 수 있다.

남보다 앞서고자 하는 아이에게는 죠지 오웰의 『동물농장』을 꼭 읽도록 권하고 싶다. 물론 '돼지 나폴레옹과 같은 행태가 인류에게 엄청난 재앙이 될 수 있다.'라는 독서 지도가 따라야 할 것이다. 아울러 노블리스 오블리제의 가치를 일깨우는 책도 권해야 한다. 각 분야에서 지도자가 되고자 하는 아이는, 남에게 영향을 끼칠 지위에 오르는 것만이 능사가 아니라 그 위치에서 가져야 할 책임감이 더 소중하다는 것을 알아야 한다. '백성이 가장 귀하다.' 라고 일러주는 『맹자』가 이 시대에도 필독서가 될 수 있는 이유다.

아이들에게 이런 필독서에 대한 독서지도를 할 수 없다면, 미래의 우리에게 독서를 통한 행복은 없다. 아이들이 독서를 개인의 욕망 충족을 위한 수단으로만 여길 우려가 있다면, 독서보다는 차라리 엘제아르 부피에처럼 도토리를 심으라고 권하는 게 더 나을 것이다.

−박규홍

제 2장

어떻게 읽을까 • 1

숨은 고등어 찾기
- 독서 행위의 종착점

궁극적으로 모든 독서 행위는 글 속에 감춰진
글쓴이의 숨은 의도를 밝혀내는 데 목적이 있다.

　하근찬은 대표작 『수난 이대』(1957)에서, 일제 강점기에서 한
국전쟁을 거치는 동안 당대의 우리 서민이 겪어야 했던 시대의
아픔을 소박하지만 곡진하게 그리고 있다. 해방공간에서 6.25동
란에 이르는 우리 최근대사의 요동기(搖動期)는 숱한 작가에 의
해 다양한 장르로 형상화되어졌지만 일찍이 〈수난 이대〉만큼 가
슴에 와 닿는 작품을 본 적이 없다.

　일제 징용에 끌려가 한쪽 팔을 잃은 '박만도'는 6.25에 참전한
삼대독자 '진수'가 살아서 돌아온다는 전갈에 기쁜 마음으로 마
중을 나간다. 그는 오랜만에 부자간의 정찬을 위해 고등어를 한
손 산다. 그러나 설렌 마음으로 들어선 정거장에서 만도는 한쪽
다리 없이 지팡이를 끼고 있는 진수를 보게 된다. 이대에 걸친 수

난에 분노한 만도는 진수를 앞서 빠른 걸음으로 내달리고, 어색한 침묵이 부자간의 해후를 가로막는다. 그러나 대단원의 순간, 아버지 만도는 아들 진수를 업고 용머리재가 우뚝 버티고 선 마을 앞 외나무다리를 건너게 된다. 우리 민족사의 비극적 시련 속에 육신의 일부를 상실한 부자(父子) 만도와 진수는 개별적 캐릭터에 그치는 것이 아니라, 당대의 고통을 온몸으로 감내해야 했던 우리 민족의 집단적 상징성을 띠고 있다. 따라서 팔 없는 아버지가 다리 없는 아들을 업고 외나무다리를 건너는 마지막 대단원의 장면은 이대에 걸친 수난에도 결코 좌절하지 않고 서로의 결손부를 상보해 가며 시련을 극복해 나갈 것이라는 비장한 메시지의 표출인 것이다.

여기서 주목해야 할 부분이 있다. 아버지와 아들, 즉 수난 이대의 두 세대가 시련 속에서도 서로의 결손부를 상보해가며 함께 이를 극복해 나간다는 알레고리(allegory)적 메시지는 작품 속에서, 아버지는 아들의 다리 노릇을 하고 아들은 아버지의 팔 노릇을 제대로 함으로써만이 구현되게 된다. 그런데 아버지는 아들을 업음으로써 그 소임을 다할 수 있었으나 업히는 아들의 입장에선 일방적 시혜의 대상이 되어 아버지를 위해 해 준 것이 없는 것처럼 비춰진다. 이때 비로소 있는 듯 없는 듯 숨어있던 '고등어'의 위대한 존재감에 착목(着目)해 보면 그 해답을 얻을 수 있다.

애초에 아버지와 아들의 오붓한 저녁 정찬을 위해 준비되었던 고등어는 원래의 용도를 훌쩍 뛰어 넘어 작품의 주제적 메시지 구현에 이바지하고 있음을 감지하게 된다. 자신을 업어서 잃어버린 다리 역할을 대신해 주는 아버지의 손과 팔 역할을 아들이 대신하기 위해선 아버지의 손에 반드시 무언가가 들려 있어야 한다. 그런데 이게 지극히 자연스러운 모습으로 작품 속에 용해되어 나타나야 한다. 아들의 무사귀환을 축하하기 위한 저녁 반찬으로 고등어를 사는 아버지의 행동에서 추호의 어색함이나 비논리성을 발견할 수 없다. 독자는 지극히 당연한 시선으로 이를 받아들이게 된다. 그런데 알고 보니 이 '고등어'가 보통 고등어가 아니다. 원래 예상되었던 목적(부자간의 저녁 반찬)과는 다른 의미로 작품 속에서 변용되어 있다. 한쪽 팔 없는 아버지가 아들을 업는 불편하기 짝이 없는 행위의 한복판에 아버지의 외팔에 달려 있을 고등어의 힘겨운 존재감을 상상해 보라! 아버지의 외팔에 달린 고등어를 아들이 받아드는 순간, 비로소 〈수난 이대〉는 서로의 결손부를 상보해 주는 문학적 상징성을 온전히 구축하면서 부자간의 어색한 침묵의 틀을 깨고 화합의 기류로 나아가게 되는 것이다. 한 마리 고등어의 존재가 작품 속에서 차지하는 무한한 위상을 깨닫는 순간, 〈수난 이대〉는 우리 가슴 속에서 새로운 의미로 다시 태어나게 된다.

궁극적으로 모든 독서 행위는 이처럼 글 속에 감춰진 '고등어'의 의미를 밝혀내는 것이다. 글쓴이의 의도를 '훔쳐내는 것'에 다름 아니다. 여기서 '훔치다'란 표현을 하는 것은 글쓴이의 의도를 적확히 파악하기 위해선 문면에 나타나는 언표 외에 그 저변의 흐름을 주의 깊게 읽어내야 하기 때문이다. 야구에서 주자가 도루를 성공하기 위해선 오로지 투수와 포수의 표면적 행위뿐 아니라 인접 야수와의 연계 사인을 비롯한 내외야의 모든 잠재적 흐름을 손금 보듯 훤하게 꿰뚫고 있어야 하는 것과 같은 이치다. 작가의 세계관이 문학적 장치를 통해 은유적으로 제시되는 문학 작품의 경우는 더욱 세밀한 '훔쳐 읽기'가 필요할 것이다. (다소 간의 기본적 문학이론으로 무장할 필요도 있을 것이다.) 지금 이 시각, 우리가 읽고 있는 많은 책 속엔 숱한 고등어가 숨어 있다. 그 고등어를 찾아내 엄폐된 의미를 밝히는 것이 독서 행위의 궁극적 종착점이다. 진정한 독서의 즐거움을 만끽하도록 눈에 불을 켜고 숨은 고등어를 찾아내 보자.

-윤정헌

책 속 여행을 떠나자
– 문학 작품 읽기

문학 읽기는 지식 습득을 위한 독서와 방법을 달리해야
한다. 편견을 버리고 전체 그림을 상상하며,
작가가 그리는 세계 속으로 빠져보자.

독서는 종종 여행에 비유된다. 작가가 새로운 세상을 만들어
사방으로 초대장을 보내면 독자는 그 중 하나를 집어 들고 초대
받은 장소로 떠나는 것이다. 어느 곳으로 떠날 것인지, 그곳에서
무엇을 보고 들을지는 독자의 몫이다. 작가는 자신이 창조한 세
계를 안내하는 안내자일 뿐, 여행지의 가치는 독자 스스로 발견
해야 한다. 여행지에 대한 평가는 개인마다 차이가 있다. 남들이
칭찬하는 인기 있는 여행지가 내게는 별 의미가 없을 수도 있고,
그다지 볼 것이 없다고 고개를 젓는 곳에서 숨은 보석을 찾는 횡
재를 할 수도 있다. 즉, 여행지의 좋고 나쁨을 결정하는 것은 여
행자의 주관에 달렸다는 것이다. 하지만, 시대와 연령을 초월하
여 공통으로 높게 평가되는 곳이라면 분명히 뭔가 특별한 것이

숨겨져 있기 마련이다. 그리고 그 깊은 의미를 기어코 찾아내고
자 한다면 여행자도 약간의 준비가 필요하다.

　낯선 곳으로 떠나기 전에 여행자는 여러가지 준비를 한다. 여
행지에 대해 많은 정보를 수집하고 꼭 봐야 할 장소에 대한 목록
도 작성한다. 독서에서 철저한 사전 조사가 나쁘다고 할 수는 없
지만, 문학 작품 읽기에 있어서만큼은 이런 준비성은 오히려 독
이 될 수가 있다. 준비하는 동안, 봐야 할 장소에 대해 나름대로
견해를 만들어 버리기 때문에 막상 실제로 본 느낌은 무덤덤하고
도리어 실망으로 이어질 수도 있기 때문이다.
　영화 감상을 예로 들어 보자. 어떤 영화를 완전히 정복하겠다
는 욕심으로 빈틈없이 정보를 수집하고, 보는 내내 의미를 찾고
분석하는 것과 그냥 무작정 영화 속으로 빠져드는 것 중 어느 쪽
이 더 많은 감동을 얻을 수 있을 것인가. 단연코 후자 쪽이라고
생각한다. 따지고 트집 잡는 건 나중에 해도 된다. 용기 있게 마
음을 열고 감동할 준비를 하자. 감동에 무슨 준비가 있겠느냐 싶
겠지만, 낯선 것에 대해 마음을 여는 일은 뜻밖에도 어렵다. 때론
생소한 그 어떤 것이 오랫동안 간직하고 있던 내 가치를 비틀어
놓을 수도 있기 때문이다. 진정으로 가슴 뭉클한 감동을 얻고자
한다면 무방비한 상태에서 머리와 마음에 날아드는 일격을 맞아
보아야 한다. 편견과 선입견으로 완전무장해서 날아오는 화살을
퉁겨내는 것에 급급할 것이 아니라 때로는 맨몸으로 격전지의 한

복판에 서 있어 보아야 한다. 아무런 방어구도 갖추지 않은 상태에서 불시에 침입하는 아릿한 감동. 진정한 문학 읽기의 묘미는 바로 이런 것이 아닐까?

　입시 위주 공부의 영향으로 우리는 작품을 따지고 분석하는 데 익숙해 있다. 책의 성격을 규정하여 네모난 틀에 차곡차곡 정리해 두는 것도 모자라 흡사 해부를 하듯 문장 하나, 단어 하나의 숨겨진 의미를 찾아내는 데 집착할 때도 있다. 하지만, 여행지에서 만난 위풍당당한 건물의 역사, 구성하는 벽돌 하나하나를 유심히 관찰한다 하여 그 여행이 성공적이라고 단언할 수는 없다.

　하나의 도시를 잘 알기 위해서는 조금 떨어진 곳에 서서 도시 전체를 조망하는 작업도 필요하다. 높은 곳에서 풍경을 내려다보며 전체 분위기를 살펴보는 편이 더 많은 것을 가져다 줄 수도 있다. 다시 말해, 책 읽는 흐름을 하나로 이어갈 필요가 있다는 것이다. 집에서 뮤트 버튼을 눌러가며 영화를 감상할 때와 영화관에서 감상할 때의 차이라고 할 수 있다.

　문학 작품은 시차를 두지 말고 읽는 편이 좋다. 책 읽는 중간에 모르는 단어가 나온다 해서 그 즉시 사전을 펴지는 말자. 모르면 모르는 대로 잠시 미루어 두고 전체적인 숲의 모양을 그리는 것에 집중하자. 문학 작품을 읽는 즐거움은 조각난 부분이 아닌 전체를 조망할 때 좀 더 크게 얻어질 수 있다.

독서에서 비판적 읽기는 중요하다. 하지만, 정보를 얻기 위한 독서가 아닌 문학 작품 읽기의 감동이 목적이라면 독자는 방법을 조금 달리할 필요가 있다. 날카롭게 갈아둔 비판의 창을 잠시 옆으로 미뤄두자. 구절마다 분석하고 사사건건 시비를 걸다 보면 정작 책을 읽는 즐거움, 작가가 의도한 감동을 놓칠 수 있기 때문이다. 책 속 여행에서 이방인이 되지 말자. 내 자리, 내 의견만을 고집하며 주변인으로, 비판자로 계속 기웃거리기만 하다가는 여행지의 참모습을 보지 못한다. 굳이 시간을 내어 여행하는 목적이 무엇인가? 치열한 삶의 격전지를 대리 경험하기 위해서일 수도 있고, 낯선 삶의 방식을 엿보고자 하는 호기심을 충족시키기 위해서일 수도 있다. 중요한 것은 진정 여행의 감동을 흠뻑 맛보고 싶다면 그 여행지 한가운데서 머리와 마음을 벌거벗을 용기가 있어야 한다는 것이다.

－최영희

이벤트를 즐기는 독자

서가에서 잠자던 텍스트가 보이지 않는 독자와
만남으로 이벤트가 일어난다. 신명나는 이벤트는
카니발로 이어지기도 한다.

헤르만 헤세의 『데미안』을 읽고 있다. 세 번째다. 고등학교 때
국어 선생님께서 세계명작 목록을 칠판에 적어주시며 강조하셨
던 작품이다. 문학소녀였던 친구들은 줄줄이 읽기 시작했다. 어
떤 친구는 편지에 유명한 문구를 적어서 보냈고, 뒤질세라 너나
없이 『데미안』을 구입했다. 그런데 좀체 쪽수가 넘어가지 않았
다. 감동적이라던 대목에 형광펜을 치고 노트에 옮겨 적으면서도
가슴에는 아무런 동요도 일지 않았다. '데미안'이란 수수께끼 같
은 인물에 왜들 열광하는지 이해하지도 못한 채 미완의 독서는
책장 속에서 잠만 잤다.

대학 때 『데미안』을 다시 만났다. 그때는 술술 읽혔다. 그러면
서 고등학교 때 다 읽을 수 없었던 것을 헤세의 철학이 어려웠기

때문이라고 생각했다. 미숙했던 사고는 헤세가 던지는 은유를 읽어내지 못했던 것이라고. 몇 년 사이 철이 들어서인지 행간에 감추어진 의미가 가슴으로 전달되었다. "새는 알을 깨고 나온다. 알은 곧 세계다. 태어나려고 하는 자는 하나의 세계를 파괴하지 않으면 안 된다."라는 문장이 무엇을 의미하는지 알게 되었다. 그 문구는 군대 간 동기의 위문 편지에도, 연애 편지에도 인용되곤 했다.

그리고 인생의 반환점을 돈 지금 다시 『데미안』을 읽는다. 참된 자아를 찾아가는 싱클레어의 고민이 절절하고, 현실의 무게를 견디지 못하는 그에게 '데미안'은 멘토였음을 이해한다. 눌려서도 지쳐서도 안 되는 소중한 청소년기에 문학 읽기가 왜 강조되는지를 청소년기를 훌쩍 넘긴 이제서야 깊이 느낀다. 『데미안』은 '에밀 싱클레어'라는 필명으로 발표되었으나 비평가의 문체 분석에 의해 헤세의 작품이라는 것을 알았다는 뒷이야기는 독자의 흥미를 더해 준다. 독서의 재미를 한껏 누리고 있다.

"텍스트 읽기는 독자의 인생사의 어느 특정한 시점에서 특정한 상황에서 특정한 시간에 일어나는 이벤트"라면 『데미안』과의 적지 않은 만남은 매번 이벤트였다. 처음 만남이 어설프게 끝난 첫사랑이라면 두 번째 만남은 새콤달콤한 열애다. 넉넉함으로 다시 만난 지금은 수용하고 전적으로 이해하는 은은한 사랑이다. 오래가고 깊어지는 참사랑이다. 만약 고등학교 때 책장 속에서 잠자던 『데미안』을 다시 만나지 못했더라면, 그것은 단순한 종이 뭉치에 불과했을 것이다. 남들처럼 단숨에 내 것이 되지 않는다고 조급할 이유가 없는 것은 인생의 특정한 시점에서 만나야 되기 때문이다.

문학 읽기는 삶의 평수를 넓혀 주는 윤활유다. 수직으로 탑 세우기에 바쁜 이에게 곁을 내준다. 명품이 된 책은 그 나름의 이유가 있다. 그러나 명성 있는 작가의 책이라고 해서, 다수가 감동적이었다고 해서 나에게도 그렇다는 법은 없다. 책이 주는 권위에 눌려 맹목적으로 받아들일 필요도 없다. 독자의 환경이 책과 만나는 그 절묘한 타이밍이 중요하다. 무수히 많은 이들 중에 한 사람을 만나고 사랑에 빠지듯, 문학 읽기도 그러하다. 모두와 사랑에 빠질 수는 없다. 내 눈에 콩깍지가 끼이듯 문학도 내 가슴에 콩깍지를 끼게 하는 작품이 있다. 친구가 빠졌다고 나도 그렇다고 했던 어설픈 독서를 되돌아 본다. 좀 늦으면 어떻고 친구의 연인만큼 멋지지 않으면 어떠랴. 내가 사랑할 내 스타일을 찾는 것이 중요하지 않은가. 나를 성장시키는 나만의 독서목록은 그래서 의미 있다.

헤르만 헤세는 떠나고 없다. 그는 한 번도 내가 살고 있는 공간을 밟아보지 않았고, 내가 숨 쉬는 시간을 짐작하지 못했을 것이다. 그럼에도 불구하고 나는 그가 상상도 못했던 공간과 시간에서 그를 만나고 있다. 한 폭의 수채화처럼 유려한 문체 속에서 그의 목소리를 듣는다. "작가와의 관계는 독자와 작가의 텍스트 사이에서 일어나는 상호교통"이라면 지금 나는 헤세와 서로 교통하고 있는 셈이다. 싱클레어가 몸담고 있는 '밝은 세계'와 '어두운 세계'를 나의 세계와 연계해 보고, 싱클레어에게 '데미안'이 정신적 지주였다면 나에게는 누구인가 짚어본다. 전쟁을 반대했던 그의 사상에 공감하며 불우한 그의 가정사에 아파한다. 서가에서 잠자던 텍스트가 보이지 않는 독자와 만남으로써 이벤트는 일어나고, 신명나는 이벤트는 카니발로 이어지기도 한다. 그래서 명작 목록에 빠지지 않는 헤르만 헤세는 매번 이벤트에 동참하고 카니발의 주역이 된다.

-정아경

제대로 읽어야 내 것이 된다

책을 내 것으로 만드는 방법은 제대로 읽는 것이다.
다양한 방법을 사용해서 자신만의 독서 방법을 찾아보자.

많은 사람이 책 읽는 것을 당연한 일이라고 여긴다. 그리고 책 읽기의 효능에 대해서도 잘 알고 있다. 그러던 것이 요즈음에는 책을 읽지 않으면 안 된다고 야단법석이다. 독서 운동까지 벌인다.이제 독서는 많은 교육자와 독서 관련 전문가가 우려하고 나서는 사회 전반적인 화두가 되고 있다. 독서의 효용성을 알고 있더라도 책을 읽지 않는다면 아무 효과가 없다. 책 읽을 시간도 없이 바쁜 사람은 적은 양이라도 제대로 읽는 방법을 알아야 독서의 효과를 최대한 높일 수 있다.

빠르게 변하는 사회에 적응하기 위해서는 많은 정보를 알아야 한다. 그래서 사람들은 속독의 방법을 선택한다. 빨리 읽는 만큼 정보를 망각하는 속도도 빠르다. 그렇기에 책을 제대로 읽고 오래 기억하려면 천천히 읽어야 한다. 이 말은 책 읽기의 속도와만 관련해서 무작정 느리게 읽으라는 의미가 아니다. 단순하게 정보를 얻기 위해 빨리 읽을 것이 아니라 많이 생각하며 읽으라는 것이다. 읽다가 마음을 끄는 구절이 나오면 책을 잠시 덮어두고 그 구절을 되새겨 생각해서 내면 깊숙한 곳으로부터 끄덕임이 나오게 해야 한다. 책의 내용을 이해하고 깨달음에 이르게 되면 이제 독자는 그 책의 진정한 주인이 된다. 책은 단순히 빠른 시간 내에 읽고 마는 것이 아니라 독자가 천천히 읽는 중에 의미를 생산해 내야만 가치가 높아진다. 그리고 이러한 책읽기는 한 번으로만 끝나는 것이 아니라 독자로 하여금 다시 책을 찾아 들게 하는 효과도 있다.

책을 좀 더 자신의 것으로 만들기 위해서는 읽으면서 자신이 공감하는 부분에 색볼펜으로 줄을 긋거나 자신의 생각을 메모하며 읽는 것이 효과적이다. 그것은 단순히 읽기만 하는 수동적이고 평면적인 독서에 비해 어디에 밑줄을 그을지, 무엇을 어떻게 적을지 생각하며 읽기 때문에 더욱 적극적이고 입체적인 독서가 된다. 색에 따라 중요도를 달리하여 줄을 긋거나 여백에 메모를 한 책은 다시 읽어볼 때 강력한 효과를 발휘한다. 처음 읽었을 때에 비해 아주 적은 시간으로도 전체 내용을 훑어볼 수 있고, 중요도에 따른 내용 파악이 쉬워져 기억에도 많은 도움을 준다. 그리고 밑줄과 메모가 많은 책은 독자 개인에게도 의미가 있어 함부로 취급하지 않고 언젠가는 다시 읽게 된다.

책을 읽고 나서 감동을 받으면 책읽기는 더욱 가속된다. 같은 지은이의 다른 책을 더 읽거나 같은 주제를 다룬 다른 책도 읽고 싶어진다. 한 작가의 모든 작품을 읽어 작가와 작품, 그 속에 반영하는 세계를 이해하는 것은 독자의 지식을 깊이 있게 만든다. 같은 주제를 다룬 책을 두루 읽는 것은 지식의 폭을 넓게 만든다. 깊게 읽는 것은 넓어지게도 한다. 그리고 넓게 읽다보면 자연스레 깊이도 가진다. 이러한 읽기는 독자로 하여금 깊고 넓게 사유하도록 한다. 늘 생각하며 책을 읽는 독자는 세상을 살아가면서 자신에게 주어진 문제를 해결해 나가는 능력을 가질 수 있다. 이것은 많은 사람이 책을 읽으면서 궁극적으로 얻고자 하는 바다.

사람들에게 '왜 책을 읽는가?'라는 질문을 하면 정보를 얻기 위해서 읽거나 재미있어서 읽는다는 대답을 한다. 이러한 답은 독서와 관련한 일차원적인 대답이다. 독서를 능동적으로 하고 싶다면 그 물음부터 달리해서 읽어야 한다. '왜 나는 책을 읽는가?'처럼 말이다. '나'라는 주어가 덧붙여지면 책 읽는 목적이 더 명확해진다. 지식을 얻기 위해, 출세를 위해, 성숙한 지혜를 위해서처럼 말이다. 목적이 있는 책읽기는 책을 대하는 독자의 마음가짐부터 다르게 한다. 목적이 명확해지면 책읽기도 치밀해

지며 책 읽은 후 얻는 효과도 달라진다. 내가 주인공이 된 독서는 나를 떠나지 않고 함께하며 나를 빛나게 할 것이다.

　많은 사람이 책을 읽지 않는 현 세태를 비판하면서 독서를 효과적으로 하기 위한 다양한 방법을 제시한다. 아무리 훌륭한 방법이라도 독자가 사용하지 않으면 무용지물이다. 그리고 이러한 방법이 모두에게 적용되어 효과를 나타내지는 않는다. 사람에 따라 그 효과가 달리 나타나기도 하고 전혀 나타나지 않기도 한다. 효과적인 독서를 위해 다양한 방법을 사용해서 자신만의 독서 방법을 찾아내는 것은 오로지 독자 개인의 몫이다. 이제까지의 독서에서 큰 만족을 얻지 못한 독자라면 위에서 언급한 방법으로 읽어봄 직하다. 제대로 읽어야 내 것이 된다는 믿음으로 지치지 않고 읽는 독서가에게 책은 몇 십 배의 결과를 돌려줄 것이다. 그래서 바쁜 생활 속에서도 나를 이끌 한 권의 책을 찾기 위해 사람들은 오늘도 서가를 서성인다.

-이미숙

정독, 속독, 낭독, 묵독

뜻을 새겨 읽는 정독, 필요한 정보를 찾는 속독, 집중
력과 표현력을 기르는 낭독, 자신과 소통하는 묵독.

정독은 글의 뜻을 새겨 읽는 것으로 책읽기의 기본이다. 글에
빠져서 그 내용을 잘 이해하고 느낌을 얻는 것은 정독했을 때에
만 얻을 수 있는 효과이다. 아이들은 책을 대충 읽고 급하게 읽는
경우가 많다. 책이 재미가 없기도 하고, 숙제나 부모의 강요로 억
지로 읽기 때문이다. 그렇게 읽어도 읽지 않은 것보다는 낫다고
할 수도 있지만, 대충 읽고 급히 읽으면 책의 중요한 부분을 놓친
다. 이해하고 느낌과 감동을 얻는 소설이나 시, 철학은 뜻을 새겨
가며 읽지 않으면 책을 읽었다고 보기 어렵다. 내용이나 지은이
의 말하는 바를 대충 이해하는 정도로는 부족하다. 정독하는 습
관을 들이기 위해서는 부모가 책을 읽어 줄 때부터 꼼꼼히 주의
를 기울여야 한다. 아이에게 중간에 내용과 느낌을 말하게 하는

것도 좋은 방법이다. 아이가 스스로 책을 읽을 때는 부모도 같이 읽고 대화를 나누어 정독을 했는지 확인도 하고, 깊이 있게 이해하도록 도움을 주어야 한다.

속독은 빠른 속도로 읽는 것이다. 속독은 특별한 경우에 해당되는 읽기의 방법이라고 할 수 있다. 우선 책을 몇 번 읽어서 내용을 파악하고 있는 경우이다. 이때는 이미 알고 있는 내용이므로 빠른 속도로 읽어도 이해할 수 있다. 전에 읽을 때와는 다른 느낌을 얻기 위해서나, 놓쳤던 부분을 찾기 위해서라면 이 방법이 필요하다. 또 정보를 다루는 책을 읽을 때도 이 방법은 유용하다. 제한된 시간에 자신에게 필요한 자료를 찾는 데 꼼꼼히 읽는 것은 시간 낭비라고 생각하기 때문이다. 흥미 위주의 책을 읽을 때도 이 방법을 쓸 수 있다. 판타지 소설이나 만화 같은 것은 재미를 얻기 위해 읽는 경우가 많다. 이때는 책을 읽는 아이가 내용을 이해하고 음미하기보다 이야기가 어떻게 전개되어 나갈지 궁금함을 해결하는 것이 더 큰 과제이므로 속독이 효과적일 수도 있다. 그러나 단순히 빨리 읽어 많이 읽었다는 만족을 얻기 위해 속독을 택하는 것은 잘못된 방법이다.

낭독은 소리 내어 읽는 것이다. 낭독을 하면 책에 집중하게 된다. 학교에서나 집에서 아이에게 소리 내어 책을 읽으라고 해보면 아이는 주위에 있는 청자를 의식한다. 낭독자의 입에서 소리가 나가면 이미 그 일은 혼자만의 행위가 아니다. 혼자서 낭독을 할 때도 청자가 없는 것은 아니다. 낭독자 자신이 곧 청자가 된다. 틀리지 않게 잘 전달하기 위해 노력하고 긴장하는 사이에 집중력이 높아진다. 그리고 소리 내어 책을 읽음으로써 표현력을 기를 수 있다. 낭독을 할 때는 자신이 주인공이니, 자신이 읽는 것을 청자에게 잘 전달할 뿐만 아니라 제대로 표현하려는 책임감을 가지게 된다. 글의 의미와 느낌을 잘 전달하기 위해 발음에 신경 쓰고, 감정을 표현하는 나름의 방법을 찾는다. 가족끼리 혹은 또래의 친구들을 모아 여럿이 같은 글을 낭독한 후 느낌을 나누거나, 서로를 평가해 주는 낭독회를 열어 보자. 색다른 경험이 되어 책을 더 좋아하게 될 것이다.

묵독은 소리를 내지 않고 눈으로 읽는 방법이다. 아이가 글을 처음 알게 되는 시기나 어릴 때는 음독을 한다. 음독은 소리를 내어 읽는 방법이다. 글을 깨치는 재미를 알아가는 아이에게 소리 내어 읽는 것은 그 자체로 커다란 기쁨이다. 이런 방법은 자라면서 자연스럽게 묵독으로 바뀐다. 책에 집중하기 때문에 내용을 이해하기 쉽다. 아이가 눈으로 책을 읽는 것은 결국 마음으로 읽는 것이다. 조용히 눈으로 활자를 따라가며 자신의 머리와 가슴에 상상의 공간을 만든다. 책 속의 글자는 아이가 만든 공간에서 살아 펄떡인다. 그 공간은 또한 책읽기의 가장 본질적인 즐거움인 자신과의 소통이 이루어지는 공간으로 바뀌기도 하고, 그 소통의 공간에 타인을 끌어들이기도 한다. 아이가 묵독을 할 때도 부모의 세심한 배려가 필요하다. 읽는 소리를 들을 수 없기 때문에 어느 정도 이해하며 읽고 있는지 주의를 기울이고 그에 앞서 수준에 맞는 책을 골라 주어 묵독에 집중할 수 있도록 해야 한다.

-이현진

책을 읽어 줄 필요도 있다

아이가 책읽기를 싫어할 때는 말로 읽기를 강요하지
말고 직접 읽어주는 것도 좋은 방법이다.

우리나라 최초의 맹인 박사인 강영우 씨는 아버지로서 자녀들
과 소통하고 교감하는 방법으로 책읽기를 적극 활용했다. 교육자
로서가 아니라 평범한 아버지로서 자녀에게 책을 읽어 주었다.
큰아들이 하버드대학에 입학할 때 아버지가 어릴 때 책을 읽어주
던 추억을 기록한 '인생에 가장 큰 영향을 준 사건'이라는 제목
으로 글을 썼다고 한다. 그 글에서 유치원에 다닐 때 아버지는 점
자책을 넘기며 인자한 표정과 부드러운 목소리로 책을 읽어주었
다고 한다. 그는 아버지가 들려주는 이야기를 들으며 상상 속의
세계를 꿈꾸었다고 한다. 이처럼 부모나 어른의 책 읽어 주기는
아이와의 공감대를 형성하고 가까이 다가갈 수 있는 매우 효율적
인 방법임을 알 수 있다.

아이에게 책을 읽어 줄 필요가 있다. 나이에 따라 읽어주는 방법도 달라야 한다. 글자를 알지 못하는 아이라면 우선 무릎에 앉히고 마음을 나눈다. 책을 같이 보면서 할머니가 옛날이야기를 해 주듯이 목소리에 정을 넣어 읽어주면 좋다. 순간순간 아이의 질문에 대답하면서 읽어준다면 아이는 책의 매력에 빠지게 될 것이다. 똑같은 책을 여러 번 반복해서 읽어주는 것도 좋다. 한글을 모르는 아이에게 책을 읽어주면 한글을 빨리 깨우치게 된다. 아이는 어느날 길 옆에 핀 꽃을 보고 불쑥 '아름답다'란 말을 던질 수 있다. 이렇게 말문이 열리고 귀가 뚫린 아이는 받아쓰기를 잘하는 아이로 이어진다. 다른 사람의 말을 경청하는 법도 알게 된다. 즉, 집중력이 높아진다는 것이다.

책을 읽어주면 아이의 상상력이 길러진다. 심리학자에 의하면 상상력은 나이가 어릴수록 뛰어나다고 한다. 대부분의 어린이는 고학년이 되면 고정관념을 가지게 된다. 어린이는 책을 읽는 동안 주인공도 되어보고 동물도 되어본다. 혼자서 책을 읽을 수 있는 아이에게도 책을 읽어주는 것은 좋다. 책 속의 글자에 신경을 쓰다보면 상상력을 방해받을 수도 있기 때문이다. 상상력이 길러진 아이는 감성적인 인간으로 자랄 수 있고, 무슨 일을 할 때도 심사숙고하게 된다는 것이다.

책을 읽어주면 사고력이 길러진다. 어린이는 책 속의 내용을 이해하기 위해 질문을 하게 된다. "너는 어떻게 생각해?"라는 질문으로 아이의 대답을 유도할 수 있다. 그리고 새로운 내용을 이야기 해 줄 수도 있다. 아이는 어른의 생각과 자신의 생각을 비교해 보게 된다. 이야기를 들으며 선과 악을 판단하는 비판력을 기르게 되고, 옳고 그름을 가려내게 된다. 책은 아이의 생각을 저장해 주는 창고라고 해도 과언이 아니다. 결과적으로 부모의 책읽어주기는 어른과 어린이의 토론의 장이 될 수도 있다.

 책을 읽어주는 것이 쉬운 일은 아니다. 책을 읽힐 수 있는 방법은 여러 가지이다. 책을 싫어하는 아이에게 책을 읽히고 싶다면 처음에는 좋아하는 그림책으로 시작하는 것도 좋다. 그러면 어떻게 읽힐지 방법을 찾아야 한다. 책을 많이 읽으면 '공부를 잘 하게 된다. 좋은 대학에 간다. 사고력도 길러진다. 비판력도 길러진다. 집중력도 길러진다.' 등의 말은 효과가 없다. 아이가 책을 읽기 싫어한다고 그냥 방치할 수는 없다. 그러면 책을 어떻게 아이에게 읽힐 것인지 고심해야 한다. 그 해법은 우선 책을 읽어주는 것이다.

-최홍남

상상력을 키워주는 독서

상상력을 키우기 위해서는 흥미 있는 분야의 책을 열린
마음으로 받아들이되, 비판적인 시각을 가져야 한다.

컴퓨터를 다루는 아이의 손놀림이 흡사 마법사 같다. 괴발개발
글씨를 쓸 때는 한없이 어눌하던 고사리 손가락이 컴퓨터 자판
위에선 제 세상을 만난 듯 신바람이 나 있다. 책보다 인터넷상의
정보에 더 친숙한 아이를 보면 세대가 달라졌다는 것을 느낀다.
종이책이 사라질 것이라는 주장이 설득력 있게 다가오기도 한다.
그럼에도 불구하고 책이 사라지지 않은 이유는 무얼까? 아마도
책만이 지닌 고유한 장점이 있기 때문일 것이다. 우선 휴대가 편
리하다. 언제 어디서건 원하는 부분을 펼쳐서 읽을 수가 있다. 또
한, 인터넷에서 얻어지는 파편적인 정보와는 달리 하나의 주제에
대해 깊은 사고를 가능하게 해준다. 즉, 타자의 입장을 폭넓게 이
해함으로써 다양한 상상력과 아이디어의 원천이 되어준다. 이것

이 문화산업이 부상하는 현시점에서 책의 가치를 빛나게 하는 잠재력이다. 그러나 상상력이란 무작정 많이 읽는다고 해서 절로 키워지는 것은 아니다. 수십 권의 책을 읽고서도 자신의 틀에서 벗어나지 못하는 이가 있는가 하면, 단 한 권의 책에서도 놀랄 만한 창의력을 보이는 이도 있다. 얼마나 읽느냐가 아니라, 어떻게 읽느냐가 중요한 셈이다.

아이의 상상력을 키우고 싶다면 우선 자신이 흥미 있는 분야에 집중해서 읽도록 하는 것이 좋다. 편식이 아니냐고 반박할지도 모르지만, 지식 습득의 목적이 아니라 창의적인 상상력을 끄집어 내기 위해서라면 무엇보다 책읽기를 스스로 즐기는 것이 제일 중요하다. 누구나 자신의 아이가 다재다능하기를 바라지만, 모든 사람이 레오나르도 다빈치가 될 수는 없다. 사람의 능력은 한정되어 있다. 소수의 천재를 제외하고는 관심이 가지 않는 분야에서 괄목할 만한 성과를 만들어 내기란 어려운 일이다. 일정 수준까지는 도달할 수 있을지 몰라도 그 이상은 어렵다. 더 알고 싶은 욕구와 열정이 개입될 때 비로소 다른 사람과 차별되는 새로운 생각이 만들어질 수 있다. 즐거움이 있는 자리어야만 자신만의 독특한 상상력이 발휘되는 법이다.

또 하나 책을 읽을 때 유의해야 할 점은 열린 마음으로 읽어야 한다는 사실이다. 독자는 자신이 지닌 가치관에 비추어 책을 읽는다. 책 속 세계에 몰입되어 시야를 넓히는 예도 있지만, 때로는 작가의 의도를 이해하는 대신 그 내용을 가져와 자신의 고정된

왁자지껄 독서이야기

틀 속에 맞도록 뜯어고치려는 경향도 있다. 특히, 스스로 흥미가 있거나 잘 아는 지식이라고 자신하는 분야라면 이런 편협성은 더욱 커진다. 자칫 새로운 주장은 무시하고 식성에 맞는 부분만 골라와 고정관념을 더욱 공고히 하는 잘못을 저지를 수도 있다. 사물에 대한 새로운 인식이 없다면 상상력은 자라나지 못한다. 잘 안다고 여기는 분야일수록 겸손이 필요하다. 독서는 단순한 지식의 확인이 아니라 확대를 염두에 두어야 한다. 열린 마음으로 미리 설득될 준비를 하는 순간 가능성은 무한정 늘어나 더 많은 것을 얻을 수 있다.

마지막으로 상상력을 키우기 위해서 특히 중요한 점은 책 내용을 다른 각도에서 보도록 노력하는 일이다. 이른바 삐딱하게 보는 습관을 지니라는 것이다. 책에서 작가가 말하는 주장을 그대로 받아들이기만 한다면 작가의 추종자 내지는 복제인간이 될 뿐이다. 극성스런 트집쟁이가 될 필요가 있다. 당연한 것에 의문을 품고 끊임없이 비판하는 자세가 필요하다. 비판은 상대의 주장에 대한 충분한 이해와 자신의 의견에 대한 깊은 사고에 기초한다. 단순히 반대를 위한 반대를 해서는 안 된다. 올바른 비판을 위해서는 반대에 따른 충분한 논리적 근거가 뒷받침되어야 한다. 다양한 관점에서 의문을 제기하고 대안을 찾기 위해 노력하는 과정에서 상상력이 길러진다. 그리고 이러한 비판 능력은 단기간에 얻어지지 않는다. 끊임없는 연습이 필요하다.

어떤 일이든 노력 없이 거저 얻어지는 것은 없다. 책읽기도 마찬가지다. 충분한 시간과 열정을 투자해야 한다. 작가가 그려내는 그 너머의 세계를 보고 싶다면 그 세계로 진입할 방법을 찾아 줄기차게 고민해야 한다. 독서의 중요성이 강조되고 있다. 하지만, 단지 책을 많이 읽는 것만으로는 상상력이 길러지지 않는다. 책은 하나의 재료일 뿐, 그 재료를 이용하여 창작품을 만들어 내는 것은 독자의 몫이다. 상상력도 노력이 필요하다.

-최영희

아이의 발달 단계에 맞는 책 선택

부모는 아이가 책을 통해 많은 것을 얻기를 희망하지만,
아이는 '재미' 라는 이유로 책을 읽는다는 점을
명심해야 한다.

내가 사는 아파트 단지에는 어린이전문서점이 있다. 가끔씩 서점에 가서 수업에 활용할 만한 책을 찾아보기도 하고, 요즘 엄마들의 관심사가 무엇인지 알고 싶어 이야기를 나누기도 한다. 작년 이맘때쯤이다. 신종플루가 극성을 부릴 때여서 문화행사나 강좌가 하나 둘 연기 또는 폐강이 되고 있었는데 그곳 서점은 오히려 아이에게 책을 읽히고자 하는 젊은 엄마들로 북새통을 이루었다. 아이들이 잘 읽는 책은 무엇이며, 요즘 꼭 읽혀야 할 책은 무엇인지 정보를 주고받는 엄마들이 삼삼오오 모여 있었다. 그 틈에 유독 눈에 띄는 어머니와 아이가 있었다. 아이를 앉혀놓고 무슨 내기라도 하듯 책을 읽어 주고 있는 엄마. 엄마는 아이에게 한 권이라도 더 읽혀야겠다는 의지가 역력했고 아이는 멍하니 엄마

의 입만 쳐다보고 있었다.

"우리 아이는 곰돌이 시리즈를 좋아해요. 장난감보다 책이 더 좋은가 봐요."

"어머 그래요? 우리 아이도 책을 워낙 좋아해서 너무 대견해요. 남들은 위인전을 안 읽는다고 걱정하던데 우리 아이는 위인전, 그리스로마신화 이런 걸 좋아하네요. 호호."

책읽기를 좋아하는 아이 자랑에 열을 올리는 엄마에게 은근히 재를 뿌리는 엄마가 있다.

"우리 애도 어렸을 때에는 책 읽는 것을 너무너무 좋아했는데 요즘은 통 안 읽어요. 특히 제일 좋아하던 역사책을 안 읽어서 걱정이네요."

이런 대화는 학부모 독서지도 강좌를 하면서도 여러 번 들었다. 문제의 원인은 어디에 있을까? 해답은 간단하다. 누가 읽을 것이며 누구를 위한 책인지를 생각하지 않기 때문이다. 그만큼 많은 부모가 책을 선정할 때 기본적인 것을 무시한 채 본인의 취향이나 서점의 권유에 혹해서 구입한다는 말이다. 가장 중요한 아이의 발달 수준이나 관심사는 아랑곳없이. 이러한 문제가 발생하는 것을 예방하기 위해 책 선정 시에 주의해야 할 몇 가지를 짚어본다.

첫째, 책을 읽는 아이의 수준을 생각해 보자. 대부분의 엄마들은 아이가 유치원 다닐 때는 구연하듯이 재미있게 책을 읽어 준다. 가끔 아이 스스로 읽기라도 하면 대견하다며 칭찬을 한다. 아이가 초등학교에 입학하면 옷도 스스로 입고, 밥도 흘리지 않고 먹고, 글씨도 또박또박 써야 되며, 책도 혼자서 읽기를 강요한다. 또한, 그림책은 유아들이 보는 책이니까 초등학생답게 줄글로만 된 책을 읽으라고 한다. 유치원을 졸업하고 초등학교에 입학하는 것은 불과 1~2개월 내에 이루어진다. 그런데 부모는 아이가 뻥 튀기라도 한 것처럼 모든 단계를 높여버린다. 학교생활에 적응하기도 힘든데 책까지 스스로 읽어라 하니 아예 거부해 버리는 것이 아이에게는 최선책인 것이다. 생활공간이 달라졌다고 지적 수준까지 훌쩍 자라는 것은 아님을 명심해야 한다.

둘째, 위인전을 구입할 때 조금만 여유를 가지자. 어느 집이든 책꽂이에 위인전이 꽂혀 있다. 교육에 조금 관심을 가진다 싶은 부모는 전집으로 산다. 그러고는 비싸게 산 위인전에 대해 본전을 뽑을 기세로 책을 아이에게 들이댄다. 아이가 다른 책을 사달라고 하면 집에 있는 책 다 읽고 나면 사준다고 협박까지 한다. 위인을 본받았으면 하는 바람은 이해가 되지만, 초등학교 저학년 아이는 위인에 관심이 가지 않는다. 상상력이 극에 달하는 시기에서 서서히 현실과의 구분을 시도하는 시기다. 위인보다는 전래동화와 생활동화에 손이 가고, 환상과 실제의 구분이 궁금한 시기다. 그런데 무슨 이야기인지도 이해가 안 되는 위인전을 읽고 닮으라니 얼마나 재미없겠는가. 적어도 초등 3학년 때까지는 위인전 읽기에 대한 기대는 접어두는 것이 좋다.

셋째, 교과 과정을 앞지르려는 욕심을 버리자. 작년까지 초등 6학년 교과서에 실렸던 한국사가 올해부터는 한 해 앞당겨서 수록된다. 교과 과정에서 초등 5·6학년 때 역사를 배우는 데는 이유가 있다. 이 시기는 지적 호기심이 증대되는 시기이며, 서서히 인간의 삶과 운명에 관심을 갖기 시작한다. 또한, 역사에 흥미를 갖게 되고 나의 정체성을 찾고자 한다. 이런 발달 단계에 맞추어 역사교육을 하는 것인데 많은 부모들이 아이를 위한답시고 3·4학년 때 역사책을 읽으라 한다. 만화책으로라도 흥미를 주기 위해 애쓰지만 아이들은 엄마의 마음은 몰라주고 다른 만화책에 빠져버린다. 역사는 귀찮고 재미없는 암기 과목으로 전락해 버리는 것이다.

'첫 기억' 혹은 '첫 경험'이라는 것은 큰 의미를 가진다. 아이가 흥미가 없고 이해하지 못한다면 아무리 좋은 것이라도 부담이 되고 피하고 싶은 것임을 잊지 말아야 한다. 조금만 뒤로 물러서서 우리 아이가 어떤 영역에 흥미가 있는지 어느 정도의 발달 단계에 해당하는지 살펴보고 쉽게 접근하는 여유를 부려보자. 책읽기는 '좋다/싫다'의 문제는 아니다. 부모는 책을 통해 많은 것을 전하려고 하지만 아이들은 오직 '재미'라는 이유로 책을 읽는다는 것을 명심해야 한다.

-조희주

영·유아기의 독서지도

아이의 발달 수준과 개인 취향을 고려하여 책을 골라 준다.
그래야 아이를 지속적인 독서의 길로 인도할 수 있다.

엄마 나름의 독서 원칙을 세워라! 영·유아기의 독서교육은 무
조건 책을 많이 읽어 주는 것만이 능사가 아니다. 그렇다고 아이
로 하여금 한글을 깨치고 책을 줄줄 읽을 수 있도록 하는 것은 더
더욱 아니다. 책을 즐기는 대상으로 인식하게 해주고 평생 갖게
될 책 읽는 습관의 기초를 다져주는 것이 무엇보다 중요하다. 아
이가 책을 친숙하게 느끼고 쉽게 손에 잡을 수 있도록 생활공간
안에 가까이 두는 것도 매우 좋은 방법이다.

하지만, 실전으로 들어가 보면 아이에게 책을 읽어 주고 좋아하
게 만드는 것이 말처럼 쉬운 일은 아니다. 거기다 책읽기에 대한
전문서적을 찾아보면 책마다 이렇게 하라 저렇게 하라 내용이 조
금씩 다르다. 이 책을 읽으면 이 말이 맞고 저 책을 읽으면 저 말

이 맞는 것 같다. 어떤 말에 따라 책읽기 지도를 해야 할지 판단이 잘 안 서는 것이 사실이다. 자기 나름의 원칙을 세울 필요가 있다.

첫 그림책, 언제부터 아이에게 보여주는 것이 좋을까? 일찍 보여준다고 해서 책을 좋아하는 아이로 자라지는 않는다. 너무도 당연하고, 당연해서 더 어렵지만 '적절한 시기에 적절한 그림책을 골라 적절한 방법으로 읽어주는 것'이 좋다. 그런 의미에서 아기가 목을 가누기 시작하면서 장난감처럼 그림책을 보여주는 것이 책읽기의 시작이다. 이때는 교육을 위해서가 아니라 놀이로써 책을 가까이할 기회를 준다고 생각하면 된다. 아이는 뭔가 알록달록하고 네모난 물체가 눈앞에서 왔다갔다한다고 생각할 뿐 아직 이 물체가 책이라는 사실은 인식하지 못한다. 따라서 책의 내용이나 수준에 관계없이 굵은 선으로 단순하게 처리된 색채가 선명한 그림책을 고르는 것이 좋다. 아이가 책을 계속 물고 빨고 만지기 때문에 모나지 않고 위생적인 그림책을 고르는 것도 현명한 방법이다.

만 1세가 되기 전까지는 책을 장난감이나 모빌 대신 가지고 노는 물건으로 생각해야 한다. 이 시기에 아이의 집중력은 고작해야 몇 초다. 엄마의 욕심으로 무리하지 말아야 한다. 그 이후에는 그림책을 좀 더 적극적으로 읽어 줄 필요가 있다. 다양한 화풍의 그림책을 골라 세세한 부분까지 대화를 나누며 읽는 것이 중요하다. 읽어 준 그림책 중에서 아이가 좋아하는 것이 생기기 시작한다. 그러면 아이는 그 책을 수십 번씩 읽어달라고 요구하게 되는데, 끊임없이 반복해 읽어 주는 것이 중요하다. 아이의 관심사가 달라지면 다른 그림책에도 자연히 흥미를 갖게 될 것이다. 엄마가 조급하게 서두르거나 욕심을 부려서는 곤란하다.

그 다음 시기에는 그림책을 다양하게 읽어 주면 자연스럽게 한글과 가까워지게 한다. 이 시기에는 아이가 책의 바다에 빠지는 시기이다. 아이의 요구 속도에 뒤처지지 않게 따라가면서 서서히 한글을 익히면 된다. 엄마가 계속 읽어주되 혼자서 읽을 수 있도록 독립의 과정을 만들어 간다. 이 과정에서는 책의 수준을 한두 단계 낮춤으로써 아이가 자신감을 갖게 하는 것이 중요하다.

독서교육의 출발점은 아이가 책읽는 즐거움을 느낄 수 있도록 돕는 것이다. 아무리 좋은 책이라도 아이가 책읽기를 재미없어 한다면 독서교육은 성과를 거두기 어렵다. 책을 정말 친한 친구로 만들어 주고 싶다면 아이와 궁합이 맞는 책을 고르는 것이 중요하다. 일단 책이 아이 수준에 맞아야 하는데, 이 발달수준이라는 것이 아이마다 다 같은 것이 아니다. 아이에게 맞는 책을 고르려면 나이보다는 구체적인 발달수준에 주목해야 한다. 그리고 발달수준에 맞는 책을 고른다는 것은 아이의 관심 있는 일과 일치되는 책을 고른다는 뜻이다.

검증받은 수상작이나 인기도서는 책을 고르는 데 좋은 참고가 된다. 누구에게나 좋은 책도 있다. 하지만, 아이도 성별, 취미, 경험 등에 따라 책에 대한 기호가 다르다는 것을 함께 기억하자. 필독도서로 선정된 책을 맹목적으로 선택하는 것보다 발달 수준과 개별적인 취향을 관찰하고, 아이가 좋아할 만한 책을 고르는 것이 지속적으로 책에 관심을 두는 데 도움이 될 것이다.

-홍설아

어떻게 기억할 것인가

독서로 얻은 지식을 오래 기억하려면 메모하는 습관과
토론의 경험을 바탕으로 글쓰기를 해보는 것이 좋다.

　조선 후기 실학자 이덕무는 열성적인 독서가였다. 그는 많은 책을 여러 방면으로 깊게 읽어 나가는 독서 방법을 추구하면서 충분히 읽기, 질문하며 읽기, 비판하며 읽기의 단계로 나누어 완독하여 체득할 것을 강조하였다. 전통적인 독서 방법론에 기초한 이덕무의 독서법은 현대사회에서도 여전히 유효하다. 하지만, 책이 귀했던 과거와는 달리 지금은 읽어야 할 다양한 분야의 양서가 넘쳐나고 있다. 또한, 책 외의 여러 매체에서 양산되는 정보도 끊임없이 쏟아져 나오는 실정이다. 여기서 문제에 직면하게 된다. 출판되는 다수의 책 중 꼭 필요한 책만 선택한다 하더라도 그 책을 정독하는 데는 많은 시간이 필요하다. 그리고 짬짬이 시간을 내어 하는 독서라면 그 책의 진가를 제대로 파악하지 못하고 얕은 정보만을 얻은 채 이내 잊어버리게 된다. 사람의 기억력에는 한계가 있다. 아무리 감명 깊게 읽은 책이라도 시간이 지나면 어느새 흐릿하게 잊혀지기 마련이다. 그렇다면 그 기억력을 조금 더 오래 지속시켜줄 방법은 없을까?

독서 과정에서 얻은 정보나 감동을 오래도록 간직해 두기 위한 하나의 방법은 메모를 해 두는 것이다. 형식을 갖춰 감상문을 쓰라는 얘기가 아니다. 감명 깊은 글귀를 발췌해 두거나 간단한 감상을 적어두는 것으로 충분하다. 메모는 일종의 확인 작업이다. 그 짧은 기록을 통해 책의 내용은 그냥 스쳐 지나가는 것이 아니라 좀 더 확실하게 기억 속에 자리 잡는다. 일단 메모를 해두면 오랜 시간이 지나 책의 내용을 잊어버렸다 해도 기억을 되살리는 데 유용하다. 언제든 메모한 것을 들춰보면 그때의 감동이나 중요하다고 생각했던 정보를 쉽게 재현할 수가 있다.

메모는 단편적인 정보 나열이라 할 수 있다. 따라서 읽은 책의 내용을 개괄적으로 정리해 보고 싶다면 책 내용에 대해 다른 사람과 이야기를 나누어보는 것도 좋은 방법이다. 아직 책을 읽지 않은 사람에게는 추천이나 소개하는 형식도 좋겠고, 이미 읽은 사람이라면 감상이나 내용을 토론해보는 것도 좋겠다. 어떤 책의 내용에 대해 의견을 개진하기 위해서는 먼저 책에 대한 자기 안의 정리가 선행되어야 한다. 설령 머릿속에서 정리가 미흡하다 하더라도 토론은 유익하다. 때론 발화 행위를 통해 내용이 정리되고 새로운 의미를 발견하기도 한다. 독서가 자신의 경험과 가치관에 비추어 텍스트를 재해석하는 작업이라면, 토론은 해석에 대한 다양한 관점을 접할 수 있게 해준다. 독서로 말미암아 사고가 확장되는 것이다.

독서의 완성이 글쓰기라면, 읽은 내용에 대한 감상을 적어보는 것도 감동을 오래 간직하기 위한 좋은 방법이다. 독서를 하는 동안 독자는 특별한 경험을 만나는 때가 있다. 작가가 내 마음속에 들어와 안개처럼 뭉쳐 있던 불투명한 생각을 모조리 글로 풀어놓은 듯한 느낌이 드는 순간이 있다. 이런 책을 읽을 때면 비평가의 평가에 상관없이 작가에게 강렬하게 매혹된다. 책 속에서 울고 웃고 벅찬 감동을 한 나머지 마지막 책장을 덮자마자 감상을 말하고 싶어진다. 한시라도 빨리 순수한 즐거움을 공유하고 싶고, 아직 이 책을 모르는 독자가 안타깝기까지 하다. 누군가에게 그 기쁨을 토로하고 싶은데 상대를 찾을 수가 없다면 즉시 펜을 들고 감상을 써 보는 것이 좋다. 지체해서는 안 된다. 나중으로 미루면 어느새 그 감동은 희미해지고 그 책에 대한 감상을 쓰지 못할 수도 있다. 글 솜씨가 없다고 지레 겁먹을 필요는 없다. 글쓰기는 일정한 틀로 고정된 것이 아니다. 위대한 대문호가 될 야심을 불태우고 있는 것이 아니라면 마음가는 대로 편하게 긁적여도 된다.

독서를 하다 보면 읽은 책의 제목과 그 책을 읽었다는 사실 외에는 전혀 기억하지 못할 때가 있다. 앞부분을 몇 장 읽어 보면 어렴풋이 예전에 읽은 기억이 떠오르기도 하지만 가끔은 그것마

저도 생소하게 느껴진다. 분명히 읽었지만 읽지 않은 것이다. 이런 경우 이미 읽었다는 사실이 더 나쁠 수가 있다. 전에 읽었다는 이유만으로 그 책에 대해 더 관심을 두지 않을 수 있으니 말이다. 책은 독자의 경험이나 가치관의 변화에 따라 다르게 읽힌다. 만약 그 책이 나이에 걸맞은 새로운 감동을 잔뜩 준비하고 있는데 이미 읽었다는 사실 하나로 그냥 무시해버린다면 독자는 중요한 보물을 놓치는 셈이 된다. 독서는 단순히 책 제목의 수집이 아니다. 얼마나 많은 책을 읽었느냐가 아니라, 읽은 책의 내용을 얼마나 충실하게 간직하고 있느냐가 중요하다. 메모하는 습관과 토론은 기억을 보충하는 좋은 방법이다. 그리고 책에 대한 감동을 글쓰기로까지 완성할 수 있다면 대단히 성공적인 독서를 하는 셈이다.

-최영희

왁자지껄 독서이야기

제 3장

어떻게 읽을까 · 2

옛이야기 읽기

옛이야기에는 민중이 만들어낸 '생존의 법칙'이
담겨 있다. 세상의 약자인 아이들은 옛이야기에서
위기를 해결하는 방법을 배운다.

옛 어른들은 모두 이야기꾼이었다. 언제라도 아이들에게 재미
있게 들려줄 옛이야기 몇 개 쯤은 가지고 있었다. 새로운 이야기
는 물론이고 어제 했던 이야기도 늘였다 줄였다 끊임없이 이야기
의 맛을 살려 들려주는 어른도 많았다. 책 없이는 이야기를 온전
히 기억하지 못하는 오늘날 부모들에 비하면 옛 사람들의 이야기
능력은 천부적인 재능처럼 보인다. 어릴 적 호롱불 밑에서나 나
무그늘 아래서 수도 없이 들은 이야기가 있었기에 가능한 일이
다. 그렇게 들은 이야기는 어른이 되어서 다시 아이들에게, 그 아
이들이 어른이 되어 다시 다음 세대의 아이들에게 들려주면서 지
금까지 전해 내려오고 있다.

아이들은 옛이야기를 무척 좋아한다. 단순 발랄하고 상상력이

뛰어난 아이들의 정서와 가깝기 때문이다. 이야기 속의 힘없고 가지지 못한 약자인 민중의 모습이 자신과 쉽게 동일시되기 때문이기도 하다. 옛이야기는 참으로 단순하다. 입으로 전해져야 했기 때문에 복잡할 수가 없다. 단순한 이야기의 반복과 점층적으로 이루어지는 흐름이 크고 작은 리듬을 만들어 내어 즐거움을 준다. 초현실적인 판타지성과 현실 세계의 모순을 뒤엎는 허구적 세계는 제한이 없어 자유롭다. 위기를 극복해 가는 문제 해결 과정은 아이들에게 교훈으로 유익할 뿐만 아니라, 등장인물의 뚜렷한 대립은 복잡하지 않아 이야기의 이해를 쉽게 해준다. 세세한 설명과 묘사가 없는 빠른 진행이 상상력을 키우게 한다. 강자에 맞서는 약자의 보장된 승리는 심리적 안정감을 주는 등 옛이야기가 아이들에게 주는 유익한 점은 너무나 많다.

바로 이러한 요소들 때문에 시대를 뛰어넘어 아이들이 옛이야기 편에 서게 되는 것이다. 하지만, 옛이야기가 아이에게 나쁜 영향을 미치지는 않을까 걱정을 하는 어른도 많다. 비현실적이고 초현실적인 이야기, 합리성이 없으며 우연이 난무하는 이야기, 선의 승리를 위해서 악에게 가하는 처참하고 잔인한 응징이 교육적으로 문제가 있다고 생각할 수도 있다.

잔인한 장면을 모두 제거하고 나서 들려주거나, 아이에게 옛이야기 읽기를 권하지 않는 어른도 있다. 하지만, 오히려 이러한 악에 대한 잔인한 응징이 옛이야기가 가지는 진실하고 정직한 측면이다. 지금까지 옛이야기가 없어지지 않고 긴 생명력을 가지게 하는 이유이기도 하다. 경험한 만큼만 받아들이는 아이들은 잔인함만을 기억하는 것이 아니라 악에 대한 선의 완전한 승리로 기억한다. 무의식 속의 억눌린 욕구에 대한 보상을 옛이야기를 통해 얻는다. 자칫 아이를 위한다고 순화시켜 버린다면 옛이야기는 생명을 잃게 되고 말 것이다. 극한상황에서 의지할 것은 자신밖에 없었던 민중이 만들어낸 '생존의 법칙'은 아무 쓸모가 없게 된다.

옛이야기를 지도할 때는 먼저 옛이야기는 무엇이며, 왜 읽어야 하고, 옛이야기를 통해 얻게 되는 것은 무엇인가부터 이해해야 한다. 인물이나 배경보다는 사건 위주로 이야기를 파악하게 하고 사건의 흐름과 순서를 이해할 수 있도록 지도한다. 어느 대목이 가장 재미있었는가, 내가 그 사건의 주인공이었다면 어떻게 했겠는가 따위를 질문해 볼 수 있다.

더 나아가 읽는 사람에게 무엇을 전달하고자 하는지 의미를 파악해 보게 하고 상징적 의미를 통해 교육적 의의를 찾아본다. 이야기 속에서 내가 배운 점은 무엇인지, 작품 속에 나오는 인물의 말이나 생각, 행동에서 본받을 점은 무엇인지 또 비슷한 옛이야기는 없는지도 알아본다. 옛이야기는 읽어주기보다 들려주기에 더 적합하므로 이야기꾼이 되어 발표할 기회를 마련해주는 것도 좋은 활동이 되겠다.

옛이야기의 가치가 재조명되면서 시중 서점에는 낱권 또는 전집으로 옛이야기책이 많이 판매되고 있다. 원본 그대로의 내용을 만나기는 어렵고 시대정신에 맞게 다시 쓰기나 고쳐쓰기를 한 작품이 늘어나고 있다. 원래 어른을 위한 이야기였기 때문에 이러한 작업이 필요한 부분도 없지 않다. 하지만, 그 변용에 있어 원본을 찾아보지도 않고 적당하게 얼버무려 만든 책은 옛이야기 전승에 큰 장애가 되고 있다. 어릴 적 읽은 이야기는 평생 머릿속 깊이 각인되기 때문에 변용된 내용에서는 원작의 의미나 맛을 느낄 수가 없다.

옛이야기는 바람직한 인간으로 커 나갈 수 있도록 도와준다. 특히 도덕적인 판단이 제대로 서 있지 않은 아이에게 윤리적 교훈 외에 인생이 무엇이며 어떻게 살아야 할 것인가를 배우게 한다. 하지만, 옛이야기가 교훈밖에 주지 않는 이야기라면 아이들이 찾지 않을 것이다. 옛이야기에서 만나게 되는 재미와 흥미가 무엇인지 좀 더 진지하게 고민해 보아야 할 것이다.

-윤미경

인물이야기 읽기

시대를 앞서간 사람의 삶을 통해 '어떻게 살아갈 것인가?'
에 대한 길을 안내해주는 책이 인물이야기다.
위인은 결코 멀리 있지 않다.

세상의 많은 부모는 내 아이가 '위인'이 되기를 열망한다. 그
래서 유아기부터 '위인전'을 전집으로 사다 놓고 읽힌다. 여기서
잠깐, 예전의 위인에는 몇 가지 전제 조건이 있다. 특별한 태몽이
있어야 하며, 어릴 때부터 남과는 다른 뛰어난 재능을 타고난다.
그리고 어려움이 닥치면 거의 신에 가까운 초능력으로 위기를 넘
기며 좌절을 모른다. 이러한 조건을 소위 '위인예정설'이라 칭한
다. 그들은 인간이 아니라 신의 아들로 묘사되어 있다. 이런 책을
읽은 아이는 위인의 삶을 본받고 배우기는커녕 평범하기 짝이 없
는 자신은 절대로 위인이 될 수 없다는 절망감에 사로잡히게 될
지도 모른다.
'위인'이라는 말은 뭔가 특별하다는 느낌을 준다. 위인은 근대

시민사회가 도래하면서 왕의 자리를 대신할 위대한 영웅을 갈망하던 시대의 산물이다. 강력한 지도력과 시민을 이끄는 뛰어난 리더십의 소유자가 근대의 영웅으로 부상했으며, 그들을 '위인'이라 칭했다. 그렇다면 부모들이 그토록 바라는 '위인'이란 어떤 사람들을 일컫는가? 위인은 시대가 낳은 인물이다. 임진왜란이란 전쟁이 없었다면 이순신 장군이 없었을 것이며, 일제시대라는 역사적 상황이 없었다면 유관순 열사도 없었을 것이다. 즉, 위인은 시대가 요구하는 인물상이며, 난세를 이끌어갈 대표적 리더상을 상징적으로 나타내는 인물로 볼 수 있다. 위인전 목록에 오른 서구의 많은 인물이 과학자라는 사실은 19세기가 과학의 시대라는 사실을 말해준다.

1980년대 초까지 우리나라 위인전의 대표 선수는 이순신과 세종대왕, 유관순과 신사임당이었다. 이들 외에 외국 사람으로는 프랑스의 영웅 나폴레옹, 링컨 미국 대통령, 여성 과학자 퀴리 부인, 장애를 극복한 헬렌켈러 등이 단골로 들어갔다. 그런데 2006년 인터넷 서점 '알라딘'이 집계한 어린이 위인전 베스트셀러 순위는 예상을 깨는 놀라운 결과였다. 1위가 『루이브라이』, 2위가 『나는 무슨 씨앗일까?』, 3위 『거미박사 남궁준 이야기』였다. 해방 이후 위인전 부동의 자리를 고수하던 많은 인물이 탈락했다. 이 사실은 시대적 흐름에 따라 '위인'을 바라보는 시각이나 가치관이 변하고 있음을 상징적으로 보여준 것이다. 시대의 변화에 따라 당대가 추구하는 지도자상도 바뀌었고, 명칭도 '위인전'에서 '인물이야기'로 변화했다. 1위를 차지한 『루이브라이』는 어린 시절 사고로 맹인이 되었다. 그러나 스스로 연구하고 노력하여 오늘날 세계 맹인들에게 배움의 빛을 던져준 점자를 17세의 어린 나이에 발명하였다. 그의 삶은 고난의 극복기였다. 그는 결코 초능력을 소유하지 않았다. 오히려 보통 사람보다 더 불리한 신체적 조건을 지니고 있었지만, 인류사에 큰 업적을 남겼다.

어린 시절 『유관순』이나 『신사임당』을 읽으면서 '그렇게 살지 말아야지'라는 다소 엉뚱한 생각을 했었다. 솔직히 초등학생의 입장에서 유관순이 독립만세를 부르다가 고문받고 감옥에서 죽었다는 사실은 무섭고 두려웠다. 유관순은 남자도 나서기 어려운 독립운동을 한 용감한 여성이다. 세상에 어떤 부모가 애지중지 기른 자식이 감옥에 가길 원하겠는가? 여성으로서 자의식이 생기면서 신사임당 같은 현모양처도 되고 싶지 않았다. 그 현모양처의 기준이 얼마나 남성중심적인 가치인가? 신사임당은 율곡이라는 큰 인물을 기른 훌륭한 어머니이자 뛰어난 화가이기도 했다. 율곡이 남긴 어머니의 기록을 보면 신사임당은 조선시대 여성으로서는 드물게 강한 자의식과 주체성을 지녔던 여성이었다. 다소 불경스러운 표현인지 모르겠으나, 신사임당은 현모이지만 양처는 아니었던 것 같다.

사임당 신씨를 현모양처라는 낡은 틀에 가두어 두어서는 안 된다. 자신의 재능을 펼치고 남편의 지위나 경제력과는 상관없이 삶을 주체적으로 살다간 여성으로 재조명해야 한다. 남성의 시각으로 혹은 근대의 시각으로 재단했던 두 여성의 삶을 다시 평가해야 할 시기다. 더 이상 위인은 역사 속의 박제된 인물이 아니다. 시대가 만든 영웅적 인물을 그대로 닮고 배우라는 것은 아이에게 다가갈 수 없는 허상만 강요하는 어리석은 짓이다. 시대를 앞선 인물의 삶을 통해 '어떻게 살아갈 것인가?' 라는 명제에 대한 길을 안내해주는 것으로 바뀌어야 한다. 위인은 결코 멀리 있지 않다. 주변의 평범한 인물이 어떤 노력과 과정을 통해 한 분야의 전문가로 우뚝 서게 되었는지를 읽고 꿈을 키우는 것이 인물 이야기 책이 지닌 의미다.

세상이 달라졌다. 한 사람이 시대를 이끌던 근대는 저물고 있다. 세상에는 여러 갈래의 길이 있다. 굳이 정치가나 과학자가 아니더라도 자신이 좋아하고 잘하는 길을 찾으면 시대를 앞서가는 리더가 될 수 있다. 또 한 분야의 최고가 되기까지 걸어가는 과정도 행복해야 한다. 아이에게 인물이야기 책을 읽히며 시대의 영웅이 되라고 강요하기 이전에 세상에는 수많은 삶의 길이 있다는 것을 알게 해주자. 한국의 슈바이처로 살다 간 '의사 장기려'의 삶을 담은 인물이야기 책을 같이 읽고 아이와 이야기를 나누어 보면 어떨까.

-이경희

판타지 동화 읽기

판타지 동화는 힘든 현실을 이겨내는 힘을 준다.
판타지에서 현실의 불가능에 도전하여 그 난관을
극복할 수 있는 용기를 얻을 수 있다.

사람은 누구나 상상한다. 그 상상을 통해 자신만의 세계를 만들곤 한다. 아무도 침범하지 않는 나만의 세계 속에서 어떤 제약도 없이 자유롭게 유영한다. 이 같은 자유로움이 판타지의 매력이다. 흔히 판타지라고 하면 상상력을 잃어버린 어른의 현실세계로부터의 도피라고 낮추어보는 경향이 있다. 하지만, 다른 측면에서 보면 현실과 마주할 때 생겨나는 마찰과 갈등의 다른 표현방식이라고 할 수 있다. 판타지는 상상하거나 꾸며낸 이야기 속에서 존재하며 끊임없이 새롭게 만들어진다. 상상은 하나의 세계에서 또 다른 세계로 무한히 펼쳐진다. 아이는 이러한 상상의 세계를 다니면서 생각의 무한한 자유를 맛본다. 그리고 현실의 고정된 사고방식에 반기를 들기도 한다.

어린이가 읽는 판타지에는 '영혼의 현실'이 훌륭하게 담겨있어야 한다. 판타지 동화는 영혼의 세계를 자연스럽게 나타낸다. 부모는 아이가 자주 거짓말하는 것을 두고 걱정을 하는데 그럴 필요가 없다. 이 거짓말은 대부분 상상력의 표현이기 때문이다. 판타지는 현실 속에서 이루어질 수 없는 일을 이야기 속에서 경험하도록 하여 아이에게 만족감과 재미를 제공한다. 또한, 현실에 뿌리를 둔 상상의 세계를 들려주기 때문에 또 다른 관점에서 현실을 바라보게 해주어 마주한 상황을 이해하는데 도움을 준다. 아이들이 맨 처음 접하는 그림책은 판타지와 가장 관련이 깊다. 현대 그림책은 글보다 그림의 비중이 높아져 여러 관점으로 해석이 가능하며 생각 거리를 많이 던져준다. 이러한 그림책을 소화하기 위해서는 더 많은 상상력을 필요로 한다.

니콜라우스 하이델바흐의 『브루노를 위한 책』의 주인공 브루노는 누나인 울라의 목에 붙인 반창고를 보고 놀라며 목이 왜 그러냐고 묻자, 울라는 파란책 속에 사는 뱀이 물었다고 말한다. 사실 확인을 위해 브루노와 울라는 책 속의 계단을 따라 내려가 상상의 세계로 들어간다. 상상력이 부족한 어른들은 이해하기 힘든 거짓말이고 허구의 이야기일 뿐이다. 어린이는 상상 속에서 생각하고 말한다. 이렇게 넘쳐흐르는 어린이의 상상력을 만족시켜주고 더욱 풍부하게 만들어 줄 수 있는 것이 판타지이다.

처음 판타지 동화를 선택할 때는 어른이 먼저 열린 마음으로 책을 읽어보아야 한다. 즐거움과 교훈을 함께 줄 수 있는지를 파악하고 책을 선택할 수 있도록 도와준다. 앤서니 브라운의 『터널』 주인공은 여느 집의 오빠와 동생들처럼 마주치면 다툰다. 엄마에게 쫓겨난 남매는 쓰레기장의 터널 속 판타지 세계를 함께 경험한 후 서로의 소중함을 느끼게 된다. 책을 읽고 물음을 던져주어 아이들이 스스로 해답을 찾도록 해주는 것도 좋다. 옛이야기도 다양한 판타지 공간과 인물이 등장한다. 옛이야기는 놀이 리듬을 닮아 아이들이 읽는 동안 지루함을 덜 느낀다. 아이들이 놀이를 하는 동안 현실 세계의 시간은 멈춘다. 놀이는 현실의 규칙과 논리가 해체된 상상의 공간에서 이루어지기 때문이다.

이재복 작가는 "아이들에게 동화를 들려준다는 건 바로 아이들 마음에 판타지 나라를 만들어 놓는 일이다."라고 했다. 작가들이 만들어 놓은 인위적인 동화의 세계, 그곳이 판타지 세계가 아닐까? 재미와 감동을 줄 수 있는 판타지 동화는 힘든 현실을 이겨내는 힘이 될 것이다. 현실적으로 불가능한 거대한 힘에 도전하여 현실의 난관을 극복하는 용기도 판타지에서 얻을 수 있다. 판타지는 허무맹랑한 세계가 아니라 현실의 쉼터와 다름없다. 아이가 판타지에 빠져있다면 안심해도 좋다. 건강한 정신을 위해 항체를 키우고 있는 중이라고 생각하면 된다.

－변정숙

그림책 읽기

그림책은 어른이 아이에게 읽어주는 책이다. 다양한
방법으로 아이의 상상력에 날개를 달아주자.

    그림책은 아이가 태어나 처음으로 만나는 책이다. 아이는 엄마
가 읽어주는 그림책을 통해 세상을 하나씩 배우며 성장한다. 자
연과 멀어지고 핵가족화된 현대사회에서 아이에게 그림책이란
세상을 향해 열려 있는 문이라 할 수 있다. 알고 싶은 호기심으로
가득한 유아기에 엄마가 읽어주는 책과의 만남이 얼마나 즐거웠
느냐에 따라 아이의 한평생 독서생활을 결정짓게 된다고 한다.
그림책은 또한 부모와 아이가 소통할 수 있는 가장 훌륭한 도구
다. 재미있게 놀아주고 싶고 많은 것을 가르치고 들려주고 싶지
만, 말로 전달하는 것에는 내용이나 방법에 한계가 있다. 이때 잘
만들어진 그림책이 있다면 이를 이용해서 공통의 화제를 만들어
나갈 수가 있고 대화가 풍성해질 수 있다. 아이와 문제가 생겼다

하더라도 타협과 화해, 서로 소통하는 법을 배울 수가 있다.

세계 최초 어린이를 위한 그림책은 1657년 코메니우스가 출판한 『세계 최초의 그림교과서』이다. 제목에서 느껴지듯 글 읽기가 서툰 어린이에게 기독교적 도덕심을 길러주고 학습을 돕기 위한 교과서였다. 이 책은 곧 여러 나라에 소개되어 17세기에 이어 18세기 내내 어린이들이 성경 다음으로 많이 읽는 베스트셀러가 되었다고 한다. 어린이를 고려한 책이 없었던 시절이었던 만큼 순전히 어린이를 위한 그림과 눈높이를 고려한 문장이 그들의 마음을 사로잡았던 것이다. 1860년대 영국에서 본격적으로 그림책이 출판되고 인쇄술 발달과 함께 구미 각국으로 급속히 확산되어 내용이나 화법, 형식의 발전을 거듭하였다. 오늘날 그림책은 다른 매체가 보여줄 수 없는 독립적 예술 장르에 이르게 되었다.

연령에 따라 그림책을 나누어 보면 영아를 위한 책, 유아를 위한 책, 좀 더 수준 높은 독자를 위한 책으로 나눌 수 있다. 1세에서 3세까지의 영아를 위한 책은 주로 오감으로 느낄 수 있는 헝겊 책, 형태 책, 장난감 책, 들춰보기 책, 보드북 등을 들 수 있다. 영아 책은 특별히 신경을 써야 할 부분이 많다. 건강에 해롭지 않은 콩기름을 사용한다든지, 책의 모서리는 둥글게 처리하여 다치지 않게 해 두어야 할 뿐만 아니라 물고 빨아도 찢어지지 않게 두꺼운 종이를 사용한 책이 좋다. 책의 크기는 아기의 작은 손으로도 넘기기 좋아야 하고 위압감이 들지 않는 작은 판형이어야 한다. 유치 연령의 어린이를 위한 책은 단순한 이야기책으로 개념 책, 알파벳 책, 수세기 책, 보통 그림책이라고 부르는 책의 유형이 이에 속한다. 초등학생 이상의 독자를 위한 책은 이보다 길이도 길어지고 복잡하고 주제도 추상적이어서 정서적으로 성숙한 독자를 만들어 준다.

그림책의 글은 시적이다. 시적인 문장은 소리 내어 읽었을 때 귀로 듣고 즐길 수 있을 뿐만 아니라 입도 즐겁다. 어떤 문장은 잊혀지지 않고 오래도록 마음속에서 메아리치고 어른이 되어서도 그 소리를 듣곤 한다. 그림책에서 그림은 또 다른 언어다. 글의 내용을 아름답게 꾸미기도 하고 이미지를 반영하기도 하지만 새롭고 풍부한 의미를 부여하기도 한다. 이러한 그림책을 어떻게 읽어주어야 할 것인가? 그림책을 읽어줄 때는 책에 쓰인 그대로 읽어주라는 이야기가 있다. 작가가 애써 만든 문장에 잘못 살을 붙였다가는 작가의 의도나 그림책 전체의 감동에서 벗어날 수 있기 때문이다. 하지만, 그림책을 읽어줄 때는 한 가지 방법을 고집하여서는 안 된다. 듣는 아이가 어리다면 쉬운 단어로 고쳐 읽어주어야 할 필요가 있고, 처음 읽어줄 때와 여러 번 읽어줄 때가 달라질 수 있다. 글의 비중보다 그림의 비중이 크고 글과 그림이 다른 이야기를 전달하고 있을 때는 즉시 문장을 만들어 내야 할 필요가 있다. 그림책을 읽어주어야 하는 이유가 이해력이 떨어지기 때문인 걸 생각하면 그림을 읽어내는 힘도 그만큼 약할 것이기 때문이다.

그림책은 생후 6개월부터인 북스타트 운동에서 노인 독서치료에 이르기까지 다양하게 활용된다. 원래의 독자였던 어린이부터 그림책이라는 새로운 예술 장르를 즐기는 어른에 이르기까지 독자도 다양해졌다. 새로운 방식의 그림책이 나오고는 있지만, 여전히 전통적인 방법으로 어린이를 감동시키는 그림책이 더 많다. 특히, 주목해야 할 대목은 아이들이 그림책을 좋아하다 보니 그림책의 교수 학습 매체로서의 기능이 날로 커지고 있다는 것이다. 전집 형태가 대부분인 이러한 정보책은 학교 교과과정과의 연계를 염두에 두고 제작된다. 짧은 제작 기간에 수십 권의 책을 만들어 내다보니 글과 그림에서 좋은 그림책의 조건을 충분히 갖추지 못할 수도 있다. 다양한 정보를 담은 그림책은 호기심 많고 새로운 것을 추구하는 어린이의 요구에 맞추어 기획과 제작에 더 많은 노력이 필요한 영역이다.

홀륭한 그림책은 아이의 편에 서서 기본적인 욕구를 채워주고 은유와 환유를 통하여 지식과 가치를 전달하는 책이다. 심미감을 길러주고 독창적인 생각과 상상력을 높여주며 무한한 가능성이 잠재된 아이에게 최고의 즐거움을 준다. 좋은 그림책을 선택하여 들려주고 보여 주는 일, 그것은 아이의 인생을 살찌우는 일이다.

－윤미경

역사책 재미있게 읽기

역사는 동일한 사건이라도 바라보는 관점에 따라 다르게 해석된다. 즉, 저자의 사관이 중요하다.

어느 날부터 '역사'가 뜨기 시작했다. 초등학생을 대상으로 하는 역사논술 학습지가 등장하고, 역사를 가르친다는 현수막이 길거리에 나붙었다. 안 그래도 공부할 과목이 많은데 이젠 역사까지 사교육을 시켜야 하나, 한숨이 절로 나온다. 학부모 입장에서 보면 예전에 학교 다닐 때 배웠던 역사는 지루하고 재미없는 과목이었다. 한자어로 된 수많은 사건과 연도, 인물 이름을 달달 외워 시험을 쳤다. 정작 학교에서는 역사 과목의 시수가 줄어든다는데, 학교 밖에서는 오히려 역사 공부가 뜨겁게 일고 있다. 역사 속 인물을 새롭게 발굴하거나 재조명하는 텔레비전 사극의 인기는 식을 줄 모른다. '사극은 과연 아이들이 봐도 괜찮은 것일까?', '역사 공부를 어떻게 하면 쉽고 재미있게 접근할 수 있을까?'. 이것이 많은 학부모의 고민이다.

왜 갑자기 역사인가? 이 물음에 대한 답은 시대적 흐름과 무관하지 않다.세계화라는 거대한 흐름 속에서 한국인으로서 혹은 한국문화에 대한 정체성이 절실해졌다. 이질적이고 낯선 문화가 물밀듯이 들어오자 우리 것에 대한 자각과 새로운 가치에 눈을 뜨게 된 것이다. 나와 우리 문화에 대한 정체성을 찾아가는 길목에서 역사가 자연스럽게 부상하게 되었다. 또한, 역사에 대한 재조명 작업은 당대 사회가 직면한 여러 문제에 대한 해답을 과거 역사 속에서 찾고자 하는 역사의식의 발로이기도 하다. 시대가 변해도 인간이 지닌 욕망의 틀은 변하지 않는다. 어떤 시대에도 변함없이 관철되는 인간과 사회의 근본적인 명제를 역사에서 발견할 수 있다는 것이다. 그래서 E.H.Carr는 "역사란 현재를 비추는 거울"이라고 했다.

그리고 역사를 공부하는 방식이 논리적 사고력과 관련이 있다. 사건의 인과관계를 따져보고, 하나의 유물을 두고 거꾸로 추적해가는 방식 등이 논리적 사고력과 깊이 연관되어 있다. 우리 아이에게 어떤 역사책을 골라주며, 어떻게 가르칠 것인가? 역사책도 일반적인 책 선택의 기준을 크게 벗어나지 않지만, 역사라는 특수한 분야라는 점을 감안해서 골라야 한다. 역사는 동일한 사건이라도 바라보고 해석하는 저자의 관점에 따라 다른 각도로 비춰진다. 즉, 사관에 따라 역사의 해석이 달라진다. 먼저 책을 고를 때는 역사가들이 공통으로 다루고 있는 사건이 무엇이고, 왜 그 사건을 비중 있게 보는지 살펴보고 책을 선택해야 한다. 모든 책은 저자의 주관이 개입되기 마련이다. 특히, 역사책을 고를 때는 지은이가 어떤 사관에 입각해서 책을 서술했는지 꼼꼼하게 검토할 필요가 있다. 저자의 역사관이 통일된 책을 골라야 한다. 고대사는 민족사관에서, 조선사는 식민사관으로 서술된 책은 곤란하다. 최근에는 역사를 문화사적 관점으로 흥미롭게 접근하는 책들이 많이 출판되고 있다. 문화로 보는 역사는 역사적 사건을 다양한 각도로 조명하면서 통합적 사고력도 기를 수 있다. 그리고 그림이나 사진이 들어간 책이 이해하기 좋다.

그렇다면 언제부터 역사책을 읽혀야 할까? 역사란 인간의 삶을 시간의 궤도 위에 진열한 것이다. 역사책을 제대로 이해하려면 시간의 흐름이라는 개념을 알게 되는 3, 4학년 때부터 읽히면 좋다. 저학년 때는 옛이야기나 설화, 전설, 역사동화 등을 통해 역사에 대한 흥미를 갖게 해주면 된다. 중학년은 인물이야기나 그들의 무용담을 담은 책, 우리 고장 문화재 등을 중심으로 공부한다. 이 시기에는 유적지 답사를 가거나 박물관 견학을 통해 책에 나오는 유물을 눈으로 확인하면서 역사가 허구가 아님을 느끼게 해주어야 한다. 고학년이 되면 통사를 배우므로 생활사 중심으로 공부한다. 또한 역사와 인물이야기를 같이 읽으면 통합교육이 된다. 이순신 장군도 임진왜란이라는 전쟁이 낳은 영웅이기 때문에 시대적 상황과 같이 공부하면 효과적이다. 아이들이 즐겨보는 역사드라마는 토론을 통해 역사적 사실과 작가의 상상이 빚어낸 허구를 구별하는 공부가 필요하다. 이런 과정을 거치지 않으면 작가가 지어낸 역사적 허구를 그대로 믿게 된다.

역사를 싫어하는 아이에게 어떻게 하면 흥미를 불러일으킬 수 있을까. 역사를 외우라고 강요하지 말아야 한다. 박물관에서 어려운 유물이름이나 설명을 베끼는 아이들을 자주 목격하게 된다. 역사적 사건이나 유물에 대하여 눈높이에 맞는 설명으로 이해를 시켜야 한다. 사건이 일어나게 된 원인과 배경, 전개과정, 사건이 후대에 미친 영향 등을 논리적으로 이해하는 것이 역사를 공부하는 방법이다. 시대별로 다르게 구현된 우리나라 석탑의 양식과 특징을 이해한다면 석탑의 사진을 보고 순서를 제대로 나열할 수 있게 된다. 다양한 방법으로 역사를 재미있게 배울 수 있는 기회를 아이에게 제공하도록 끊임없이 연구하고 노력해야 한다. 역사적 사건에 대한 흥미로운 이야깃 거리를 던져주면 아이는 스스로 책을 찾아 읽는다. 아이를 역사의 길로 이끌기 위한 다양한 교육방법에 대한 연구가 부모와 교사의 몫이다.

-이경희

왁자지껄 독서이야기

동시 읽기와 감상

시는 노래다. 노래는 소리내어 불러야만 제맛이 난다.
동시도 눈으로만 읽게 하지 말고 소리내어 읽도록 한다.

　출판 시장이 어렵다고 하지만 아동문학 시장은 불황을 겪지 않
는다고 한다. 경제가 어려워도 자식에게만은 투자를 아끼지 않는
것이 우리나라 부모이다. 그러한 구매자의 욕구에 맞추어 유명출
판사들이 아동문학에 적극적으로 뛰어들면서 수요를 창출해 내
고 있다. 1990년대부터 커지기 시작한 아동문학 출판 시장은 각
종 공모전에 거액의 지원금 제도가 생겨나 신인도 작품만 좋으면
출판의 기회를 주고 있다. 동시의 경우도 예외는 아니어서 매년
많은 동시집이 여러 경로로 쏟아져 나오고 있다. 그 안에는 훌륭
한 동시집도 있지만, 혀짤배기소리로 도배된 저급한 동시집과 성
인시도 동시도 아닌 어정쩡한 작품이 버젓이 동시라는 이름을 달
고 출판되고 있다.

동시란 '어린이다운 심리와 감정을 제재로 성인이 어린이를 위해 쓴 시'라고 정의를 내릴 수 있다. 흔히 어린이가 쓴 시도 동시라 부르는 경우가 있는데, 이는 분명히 구분되어야 한다. 동시는 어른이 어린이에게 주려고 쓰는 것인 만큼 그만큼 의도적이다. 즉 어린이시가 순간적인 감동을 바탕으로 하여 말을 토해 내듯이 쓴 것이라면, 동시는 어른이 순간적인 감동으로 쓰기보다는 순간적인 감동을 묵히고 삭혀서 빚어 낸 것이라 할 수 있다. 때로 어린이가 쓴 시가 어른이 쓴 동시보다 더 감동을 주기도 하지만 의도를 가지고 창작을 한 것이 아니므로 '완성도가 높은 시'가 아니라 '감동이 높은 어린이시'로 불러 주어야 한다.

권오삼, 『동시론』 중에서

좋은 동시란 일부러 지으려고 한 것이 아니라 가슴에서 우러나온 감정을 단순 소박하게 표현한 시다. 이러한 시는 새로운 것, 신기한 것, 아름다운 것 등 일상에서 미처 발견되지 못했던 것을 싱싱하게 어린이에게 전달해주어 감정의 세계를 풍부하게 하며 사물에 대한 올바른 이해와 날카로운 직관력을 갖게 한다. 또한, 모국어의 아름다움을 체득할 수 있게 해준다. 좋은 동시에는 어른의 감정과 정서가 스며 있지 않아야 한다. 지나치게 관념적이지 않아야 하며 상투적인 표현을 피하여야 한다. 유치한 내용으로 재롱을 떨거나 반대로 시어가 아이들의 이해도를 넘어서도 안

왁자지껄 독서이야기

되며 뻔한 교훈이나 낡은 도덕을 가르치려고 해서도 안 된다. 좋은 동시는 사소하고 대수롭지 않은 것에서 보물을 찾아내어 보여 주는 것이다.

시 감상 지도를 할 때는 우선 좋은 동시를 선택해야 하는데 감상자의 나이와 이해도가 제일 먼저 고려되어야 한다. 7세까지의 유아들 경우 재미있는 의성어와 의태어가 들어 있는 시가 적합하다. 단순하고 재미있는 짧은 외형률을 갖춘 전래동요나 말놀이 동시가 이에 해당한다. 초등학교 저학년은 놀이 동요나 사물을 직관적으로 표현한 짧은 시가 적합하며 단순한 리듬의 반복이 느껴지는 정형 동시나 동요시가 좋다. 생활 반경이 점점 커지는 중학년의 경우는 그 내용 면에서 더 다양해지는데 놀이나 생활, 심리 세계나 사물, 자연을 노래한 시도 이해가 가능하다. 형식에서는 길이가 점점 길어지고 내재율을 갖춘 동시도 감상할 수 있다. 고학년은 상상력이 풍부한 시, 주지적인 시, 비판적인 시, 서정적인 시 등 형식에 제한을 받지 않는 자유 동시가 적합하다.

시를 읽고 우선 되어야 할 것은 머리가 아니라 마음으로 느끼게 하는 것이다. 주제가 무엇이냐, 수사법은 어떤 것이냐 등 의미부터 캐려 들면 시의 참맛을 알지 못할 뿐 아니라 자칫 시를 읽는 즐거움을 감소시킨다. 그러므로 먼저 감상을 잘해야 한다. 시의 전체적인 내용이나 분위기가 어떠한가를 먼저 살펴보도록 한다. 지은이가 무엇을 나타내려고 했는지 살펴보고 장면과 분위기를 머릿속에 그려 보게 한다. 그러고 나서 주제와 구성, 글감은 무엇인가, 재미있는 의성어, 의태어는 어떤 것이 있는가 물어볼 수 있다. 어려운 시어나 이해가 되지 않는 부분에 대해서 이해할 수 있도록 도와주고, 줄 글과 시의 차이점, 정형 동시와 자유 동시에 대해서도 알려 준다. 시에서 무엇을 썼느냐를 지도하는 것은 중요하다. 하지만, 이것을 어떻게 썼느냐는 더 중요하므로 이러한 부분도 빠뜨려서는 안 된다.

시 감상 후 독후활동으로는 시화 그리기, 시를 극으로 표현하기, 시 노래 지어 부르기, 만화로 그려보기, 낭독·낭송하기, 녹음해 보기 등을 꼽을 수 있다. 독후활동에서 주의할 점은 "나도 시를 지어 봅시다."와 같은 식의 활동은 하지 않도록 하는 것이다. 교과서에서 흔히 흉내내어 시를 짓게 하는 활동을 볼 수 있는데, 어린이에게 시란 짓는 것이 아니라 써 보는 것이다. 직접 가슴으로 느끼고 온몸으로 겪은 것을 생생하게 쓰게 해야지 방금 읽은 동시를 흉내내면서 시를 창작하는 것은 안 된다. 시와 줄글의 차이점을 이해시키고 좋은 시를 감상하게 한 후 자기가 겪은 일을 거짓 없이 쓰게 하였을 때 어른이 쓴 시보다 훨씬 감동적인 동시가 탄생하게 된다.

시는 노래라고 한다. 노래는 소리내어 불러야만 하므로 동시도 눈으로만 읽게 하지 말고 반드시 소리내어 읽게 하도록 한다. 시를 소리내어 표현하는 것에는 낭독과 낭송이 있다. 낭독은 문장을 다른 사람이 잘 듣도록 큰 소리로 읽는 것이고, 낭송은 문장을 암기하여 활달하고 또랑또랑한 목소리로 전달하는 것을 말한

왁자지껄 독서이야기

다. 여러 사람 앞에서 낭독 또는 낭송을 시킬 경우 혼자서 하는 독송, 몇 명이 나누어 하는 윤송, 여럿이 함께하는 합송의 형태가 있다. 시에 대한 독후활동이 재미있고 풍부하게 이루어졌다면 시가 주는 여운은 오래갈 수 있을 것이다.

-윤미경

신문 읽기

신문은 우리가 살아가는 세상을 보여주고, 세상과 통할 수
있게 하며, 어떤 세상을 열어가야 하는지를 생각하게 한다.

공부란 세상을 배우고 세상을 살아가는 방법을 배우는 것이다.
부모나 교사는 아이가 여러 가지 경험을 통하여 보다 많은 것을
보고 듣게 해야 한다. 그런 의미에서 신문은 무척 유용한 도구다.
신문은 우리가 살아가는 세상을 보여주고, 세상과 통할 수 있게
하며, 어떤 세상을 열어나가야 하는지를 생각하게 하기 때문이
다. N.I.E(Newspaper In Education)는 신문 활용교육으로 신
문을 학습에 이용하여 교육적 효과를 높이는 프로그램이다. 신문
은 그 자체로도 좋은 교재이지만, 책을 읽은 후 신문을 이용하여
여러 가지 독후활동을 할 수도 있다.

　글쓰기의 여러 유형을 신문에서 배울 수 있다. 아이들은 대부
분 책을 읽고 나서 글쓰기로 이어지는 것을 싫어한다. 특별한 방

법을 제시해 주지 않고 막연히 자신의 생각과 느낌을 써보라고 하는 것에 거부감을 가지기 때문이다. 이때 신문을 이용해 거부감을 줄이고 흥미를 느끼도록 유도해 보자. 초등학교 4학년 2학기 말하기·듣기 책 넷째 마당의 학습목표는 일이 일어난 차례에 따라 내용을 간추려 글을 쓰는 것이다. 우선 아이에게 신문 기사 속의 사건을 시간의 순서에 따라 정리하게 한다. 직접 손으로 써서 정리하는 것보다 신문을 오리고, 그것을 다시 사건의 전개에 따라 순서대로 정리하게 하자. 그리고 나서 자신이 읽은 책의 내용을 신문을 참고하여 내용을 간추려 써보게 한다. 신문의 글은 대부분 짜임새 있게 쓰였기 때문에 이런 방법의 글을 쓰는 데 도움이 된다. 그 밖에도 신문에서는 알리는 글, 주장하는 글 등 다양한 종류의 글을 만날 수 있다. 신문을 많이 읽고 자신의 생각을 쓰게 함으로써 글을 쓰는 힘을 기를 수 있을 것이다.

책에 나오는 여러 가지 사건과 비슷한 사례를 신문에서 찾아보게 하는 것도 좋은 방법이다. 책의 주제와 관련 있는 기사를 찾게 하거나, 책에 나오는 사건과 비슷한 유형의 기사를 찾아보게 할 수도 있다. 아이들이 직접 혹은 간접적으로 안고 있는 집단 따돌림 문제, 새로운 유형의 가족 문제, 성장기 고민 등은 어린이 도서나 문학작품에서 자주 다루어질 뿐만 아니라 신문에서도 자주 기사화된다.

책에 나오는 여러 가지 사건과 비슷한 사례를 신문에서 찾아보게 하는 것도 좋은 방법이다. 책의 주제와 관련이 있는 기사를 찾아보게 하거나, 책에 나오는 사건과 비슷한 유형의 기사를 찾아 비교분석하는 것도 사고력 향상에 도움이 된다. 또 아이들이 겪고 있는 다양한 문제들을 기사로 만남으로써 자신의 문제를 객관화시킬 수 있다. 그러나 아이들이 매일 신문을 보는 일이 쉽지 않다. 부모가 신문기사 가운데 교과 내용과 연관되거나 아이가 관심을 가질 만한 기사를 스크랩하여 준다. 일주일에 두세 번 신문 일기를 써보게 하거나 주제별로 기사를 분류하여 스크랩하면서 시사문제나 현실문제에 관심을 가질 수 있다. 이런 과정을 통해 아이들은 자연스럽게 지식 활용 능력을 기른다. 교과서에 나오는 관념적인 지식을 현실문제와 연관시켜 창의적 생각을 하도록 도와주는 것이 신문 활용 학습이다.

책과 신문은 우리가 사는 현실을 보여 주어 관심을 가지도록 하며, 거기에서 일어나는 여러 문제를 해결할 방법을 찾도록 도와준다. 같이 어울려 살아가는 사회에서 타인의 문제는 곧 자신의 문제이기도 하다. 신문은 사회에서 일어나는 여러 가지 문제와 그 문제를 바라보는 다양한 시선을 보여준다. 그것을 통해 아이들은 타인의 생각을 인정하고 받아들이는 방법을 배우고 자신만의 생각을 다듬어 간다. 아이에게 책과 신문을 같이 보여줌으로써 아이가 읽은 책 속의 이야기를 생생히 살아 움직이는 것으로 만들어 줄 수 있다. 책을 읽고 신문을 펼치게 하자. 책이 살아서 아이에게 안길 것이다.

-이현진

　　　　　　　　　　　왁자지껄 독서이야기

과학책과 친해지기

과학책 독후활동은 과학에 대한 재미를 배가시킨다. 책 속에
잠자는 지식을 깨우고 싶다면 오감을 활용한 활동을 해보자.
생생한 지식을 체험할 수 있다.

자연과 함께 놀기는 재미있다. 자연에 이론과 지식이 더해지면
깊이는 있지만 재미가 반감된다. 어떤 부모는 과학책을 별로 좋
아하지 않는 아이에 대해 걱정스러움을 내비친다. 특히, 여자 아
이를 둔 부모가 그러하다. 잠시만 대화를 해보면 부모도 과학책
을 즐겨 읽지 않는다는 것을 눈치 챌 수 있다. 왜 그럴까? 과학은
몸으로 체득하여 아는 것이 가장 즐겁고 확실하기 때문이다. 하
지만, 글로 설명해 놓은 것은 이해가 쉽지 않을뿐더러 재미도 덜
하다. 특히, 그림이나 방법을 나열한 과학 실험책은 실제로 해보
지 않으면 그림의 떡과 같다.

초등학생용 과학책은 다양하다. 그림동화, 과학동화, 팝업북,
만화책, 사전, 도감 등 관심만 있으면 구미에 맞추어 선택할 수

있다. 하지만, 쉽게 읽히지 않는 이유 중의 하나는 과학이 어렵고 지루할 것이라는 편견이다. 과학책 독후활동은 과학책도 재미있다는 생각의 전환을 가져올 수 있다. 간단한 작업을 할 수 있는 여건이 된다면, 오감을 통해 결과를 얻을 때 더욱 쉽게 깨닫는다. 과학책에 대한 흥미가 더해지고 깊이 있는 지식으로 궁금증이 증폭된다면 번거로운 수고쯤은 즐거운 부담이 될 것이다. 처음 시작하는 과학책 독후활동은 그림책으로 시작하는 것이 쉽고 재미있다.

별자리에 관한 책은 아이의 흥미를 끌기에 충분하다. 별자리에 얽힌 신화는 별과 별자리 지식을 더욱 풍부하게 해준다. 어떤 아이는 신화에 나오는 인물의 이름을 줄줄 이야기하기도 한다. 책을 읽고 큰 포스터에 있는 계절별 별자리를 찾는 것도 즐겁다. 고학년은 별의 생성과 운행, 죽음에 대해 이야기하기를 좋아한다. 별과 별자리 이야기를 나누고 나서는 책 만들기를 한다. 자신의 생일과 맞는 별자리를 그리고 신화를 간단히 써도 좋다. 펄감이 있는 색종이나 별모양 야광스티커를 이용해서 별자리에 붙이고 자신의 꿈과 소망을 쓴다. 폼포드지를 이용해서 마주 보기 모양의 책을 만든 다음 책상에 두면 매일 별보기도 가능하다.

벼농사에 대한 책은 다양한 정보를 알려 준다. 도시 아이들이 쉽게 볼 수 없는 벼의 한살이와 벼농사의 수고로움을 가르쳐 준다. 절기에 담긴 뜻과 농사와의 관계를 알아보는 것은 학교 공부에도 도움이 된다. 벼를 수확하는 시기와 맞추어 책을 읽고 독후활동을 하면 더욱 효과적인 것이다. 책을 통해 알게 된 지식을 정리할 때는 신문 만들기나 마인드맵을 활용한다. 벼의 한살이를 쓰고 알맞은 그림을 붙인다. 마지막 그림에 미리 준비한 쌀을 붙이면 신기해한다. 쌀로 만든 음식을 퀴즈로 내어도 좋고 농부 아저씨께 편지쓰기를 할 수도 있다.

이 밖에도 과학책을 읽고 할 수 있는 활동은 무궁무진하다. 밖으로 나가면 과학책의 주요 소재가 되는 자연이 우리 곁에 있기 때문이다. 계절에 따라 달라지는 자연의 변화를 관찰하고 과학책이 알려주는 지식이 정말 그러한지를 살펴본다. 별자리 책을 읽고 천문대를 찾아가 별을 보고, 벼농사 책을 읽고 논에 나가 고개 숙인 벼도 본다. 밖으로 나가는 게 번거롭다면 간단한 실험을 통해 과학 이론을 확인하는 방법도 있다. 발품이나 손품 없이 거저 얻은 정보와 지식은 내일이면 알쏭달쏭하지만, 오감에 새겨진 그것은 '갔노라, 보았노라, 느꼈노라!'라며 자신 있게 말할 수 있다.

-이난영

창작동화 읽기

창작동화는 한 사회가 지향하는 미래이다.
아이들은 창작동화라는 창을 통해 미래를
꿈꾸고 설계한다.

　읽을거리가 귀하던 시절, 새 학기가 되어 새 교과서를 받으면
가장 먼저 국어책을 펼쳤다. 앞에서부터 차례대로 넘기며 동화가
나오면 읽고 또 읽고 나중에는 다 외울 정도였다. 특히, 기억에
남는 이야기는 〈토끼와 거북이〉, 〈벌거숭이 임금님〉 같은 외국
동화다. 또 〈알프스 소녀 하이디〉도 감명 깊게 읽었던 기억이 난
다. 유감스럽게도 우리나라 동화는 기억 속에 남아있는 것이 없
다. 분명히 읽기는 했을 터이다. 아마 반공 동화이거나 교훈주의
가 강하게 투영된 동화라서 별 감동을 못 받고 세월이 지나 잊어
버린 것 같다. 한참 세월이 흘러 내 아이를 키우면서 다시 동화를
읽기 시작했다. 나는 빈 공간으로 남은 동화 창고에 아이와 함께
차곡차곡 이야기를 쌓아가기 시작했다.

처음에는 권정생, 이원수, 이금이, 황선미의 동화를 주로 읽었다. 아이가 재미있다고 내게 추천해 주기도 했고, 거꾸로 내가 아이에게 추천하기도 했다. 그런데 아이가 내게 추천해 준 동화는 거의 예외 없이 나도 재미있었다. 그러나 내가 추천해 준 책은 아이에게 가끔 퇴짜를 맞기도 했다. 이유는 무얼까. 어른의 눈높이로 책을 골랐기 때문이었다. 아이가 흥미롭게 읽었던 책은 대부분 어른이 등장하기보다 아이들이 이야기를 이끌어간 책이었다. 어른은 조연으로 잠시 등장하거나 이야기 전개에 큰 영향을 미치지 않고 잠깐씩 등장했다. 또한, 동화도 하나의 문학작품인지라 구성이나 문체, 등장인물의 캐릭터 등이 탄탄한 작품이 술술 읽혔다.

창작동화는 작가가 자신의 모국어로 당대 아이들의 삶과 꿈을 담아 쓴 문학작품이다. 동심을 담아낸 이야기라서 공감대가 넓다. 물론 우리보다 더 오랜 역사를 가진 외국의 명작이 잘 번역되어 나온다. 그러나 우리 창작동화에는 우리만의 역사와 정서가 우리 글과 말 속에 담겨 있다. 한국어가 지닌 다양한 표현방식과 우리말에 내포된 이미지나 정서가 문학 작품을 통해 풍성하게 전달된다. 그래서 잘 쓰인 한 편의 창작동화는 아이들을 스펀지처럼 빨아들인다. 국어 실력은 창작동화를 통해 길러진다고 해도 과언이 아니다. 성장기의 아이는 모국어로 된 작품을 읽으면서 자연스럽게 자신의 정체성을 찾게 된다. 이러한 과정을 통해 동시대의 또래 아이들은 창작동화를 읽으면서 공감대를 형성하고 교감을 하게 되는 부수적 효과도 있다.

창작동화 읽기에도 예외 없이 비판적 읽기가 필요하다. 추천 도서라고 모두 좋은 책은 아니다. 아이의 눈높이에서 작품을 하나하나 분석해보면 답이 보인다. 왕따라는 같은 소재에다 주제도 같은 두 작품이 있다. 채인선의 〈내 짝꿍 최영대〉와 김영주의 〈짜장 짬뽕 탕수육〉이다. 두 작품을 아이들과 같이 읽어보고 이야기를 나누어 보았다. 아이들은 김영주의 〈짜장 짬뽕 탕수육〉에 더 많은 점수를 주었다. 이유는 김영주의 작품에 나오는 종민이가 왕따 문제를 스스로 해결했기 때문이라고 말했다. 채인선은 문제 해결에 담임 선생님을 등장시켰다. 그리고 영대와 반 아이들이 느닷없는 울음으로 갈등을 해결하는 것이 어딘가 어색하다고 했다. 선생님의 꾸중 한 마디에 왕따 친구를 껴안고 화해할 만큼 요즘 아이들은 그렇게 순진하지 않다. 채인선이 그려놓은 화해의 방법은 서투르고 현실성이 약했다.

창작동화는 한 사회가 지향하는 미래상이다. 지금 우리 아이들이 어떤 동화를 읽는지 살펴보면 10년, 20년 뒤 우리 사회가 보인다. 그들이 우리 사회의 주역이 되었을 때 지향하는 사회상이 창작동화 안에 담겨 있다. 아이는 창작동화라는 창을 통해 미래를 꿈꾸고 설계한다. 우리가 지향하고 추구하는 미래상을 작가들은 창작동화라는 그릇 안에 담아낸다. 그 안에 담아내는 메뉴는 물론 다양하다. 작가의 작품은 곧 사회를 향한 발언이다. 그렇다면 창작동화라는 작품에는 직·간접적으로 작가의 가치관이 투영되기 마련이다. 그래서 창작동화를 고를 때 유의할 점은 작가의 가치관이 어떤 방식으로 형상화되었는지 살펴보는 일이다. 지나치게 교훈성을 앞세워 지루한 잔소리를 하지는 않는지, 인물을 통해 엿보이는 작가의 가치관은 문제가 없는지 잘 살펴보고 작품을 골라야 한다.

-이경희

글쓰기를 위한 책읽기

글쓰기를 잘 하려면 다독은 필수다. 쓰는 능력과 읽는 능력은 하나로 연결되어 있다. 독서의 마감은 글로 정리하는 것이다.

글을 잘 쓰기 위한 가장 좋은 방법은 무조건 많이 써보는 것이다. 글을 잘 쓰기 위해서 책을 많이 읽는 것은 기본이다. 그렇다고 기준 없이 무조건 책을 많이 읽는다고 해서 글을 잘 쓰게 되는 것도 아니다. 음식을 많이 먹어 봤다고 해서 음식을 잘 만드는 것은 아니니까 말이다. 그러니까 말을 잘하는 사람이 글을 잘 쓸 것이라는 오해는 버려야 한다. 요리를 잘하려면 음식 만드는 연습을 해야 하듯이 글도 잘 쓰기 위해서 쓰기 연습이 필요하다.

글을 잘 쓰기 위해서는 효율적인 독서를 해야 한다. 글을 쓸 때 어떤 책을 어떻게 활용할 것인지 목적을 가지고 독서에 임해야 한다는 말이다. 쓰는 능력과 읽는 능력은 비례한다. 책을 전혀 읽지 않고 글을 잘 쓰는 사람은 없다. 독서는 책으로부터 지식만을 얻는 것이 아니라 독자가 그 내용을 이해하고 나름대로 해석하고 평가하는 것을 포함한다. 그래서 글 쓰는 것을 의식하면서 책을 읽으면 독서 수준이 훨씬 높아질 것이다. 그렇게 되면 글쓰기를 할 때 정보 활용도도 높아진다.

대개 글을 잘 쓰는 사람이 책도 많이 읽는다. 그러나 무턱대고 읽는다고 해서 글 쓰는 능력으로 연결되지는 않는다. 일단 그 사실을 인정해야 한다. 예를 들면, 독서광 중에서도 뜻밖에 문장력이 떨어지는 사람이 많다. 이는 그들이 글쓰기를 의식하지 않고 책을 재미삼아 읽기 때문이다. 그러므로 글을 잘 쓰려면 목적의식을 가지고 독서를 해야 한다. 그래야 문장력이 독서량과 비례할 수 있다.

글쓰기를 전제로 하는 독서는 골라 읽는 재미가 있다. 글을 써야 하는 목적 없이 천천히 독서를 즐길 때와는 다르다. 대부분 사람은 읽기 싫은 책이나 재미없는 책도 일단 읽기 시작하면 어떤 일이 생겨도 읽어야만 한다고 생각한다. 그러한 강박관념 때문에 독서와 점점 멀어지기 시작한다. 글을 쓰려고 책을 읽을 때는 처음부터 끝까지 읽을 필요가 없다. 내가 쓸 글과 관련된 부분만 골라 읽는 편이 더 효과적이다. 책을 읽을 때 나중에 쓰게 될 글에 필요한 글감을 생각하면서 읽는다. 글을 쓸 때 참조하는 것을 전제로 한다면 그만큼 더 효율적인 독서를 할 수 있다.

그렇다면 어떤 부분을 골라 읽어야 할까? 골라 읽을 때 어느 부분을 읽어야 할지 선택하는 안목을 기르는 것이 글쓰기의 관건이다. 우선 책의 목차를 편다. 내가 필요한 항목을 표시한다. 어떻게 하면 내 글에 활용할 수 있을지 생각하면서 읽어나간다. 어떤 경우 아무리 읽어도 전혀 관련 없는 내용만 나오는 일도 있다. 그런 경우는 처음부터 책 자체를 잘못 골랐기 때문이다. 그러므로 처음부터 글의 소재가 될 만한 책을 제대로 선택하는 것이 제일 중요하다.

책도 많이 읽었다고 생각했는데 왜 글을 제대로 쓸 수 없을까? 훈련이 부족하기 때문이다. 다시 말해, 생각하는 훈련을 꾸준히 하지 않았다는 말이다. 글쓰기란 생각하는 훈련이라는 말이 된다. 짧은 글을 쓸 때는 연습하지 않아도 충분히 쓸 수 있을지도 모른다. 하지만, 긴 글을 쓸 때는 이야기가 달라진다. 글쓰기 전에 구상이라는 것을 해야 시작할 수 있다. 이런 기술은 오직 훈련만으로 가능하다.

글쓰기를 잘하려면 다독은 필수다. 끝까지 다 읽지 못할 것 같은 불안감 때문에 아예 책을 처음부터 읽지 않는 것은 잘못된 일이다. 글을 쓰기 위해서 책을 골라 읽는 재미를 느껴보자. 건강하게 살려면 규칙적으로 운동해야 하는 것처럼 글을 쓰는 습관도 꾸준히 가지면 어느 날 자신의 글쓰기 실력이 탄탄해진 것을 느낄 수 있을 것이다.

-홍설아

　　　　　왁자지껄 독서이야기

제4장

책 읽고 나서

도서관 나들이

도서관 나들이는 신 난다. 맘껏 고르고, 맘껏 읽는다.
책 속으로의 행복한 여행이 시작된다.

"우리 도서관 갈까?"

"와! 신 난다. 빨리 가요."

도서관 가자는 소리에 아이는 말이 떨어지기가 무섭게 빨리 가자고 아우성이다. 아이는 엄마가 생각하는 것보다 훨씬 더 도서관에 가는 것을 좋아한다.

도서관 나들이는 일단 집을 나선다는 설렘이 있다. 소풍 가듯 아이 손을 잡고 동네 도서관을 찾아보자. 최근 들어 집 가까이에 도서관이 많이 들어섰다. 크진 않아도 소박한 사랑방 같은 도서관에서부터 각 지자체에서 운영하는 크고 작은 규모의 도서관에 이르기까지 둘러보면 꽤 많다. 오가는 길에 동네 이곳저곳을 구경하는 재미도 있다. 그림 그리기를 좋아하거나 동시 쓰기를 좋

왁자지껄 독서이야기

아하는 아이는 스케치북이나 공책을 들고 가는 것도 좋다. 도서관에서 책도 보고, 도서관 앞뜰 벤치에서 독후활동도 해본다. 일거양득이다. 도서관은 마음을 설레게 하는 소풍 장소로 제격이다.

책 속으로의 여행은 그 어떤 것보다 행복하다. 어떤 아이는 상상 속으로 빠져들고 어떤 아이는 자신과 같은 현실을 경험한다. 어떤 아이는 이야기에 빠져들고 어떤 아이는 그림에 감탄한다. 이래저래 책에서 많은 것을 얻는다. 도서관 한편에 마련된 유아방에서는 엄마가 열심히 이야기를 풀어놓는다. 제 몸집만큼이나 되는 책을 앞에 들고 엄마 목소리에 귀를 쫑긋하고 있는 아이의 모습은 더없이 사랑스럽다. 자신이 읽을 책을 고르느라 책장을 샅샅이 살피는 아이의 표정도 사뭇 진지하다. 빼곡히 들어차 있는 수많은 책 중에서 제 손으로 선택한 한 권의 책이 그 아이의 인생에 큰 영향을 끼칠 수도 있다. 책이라는 매체를 공유하며, 그 속에서 행복을 체험하는 공간이 바로 도서관이다.

부모들은 하나같이 "우리 애가 제발 책 좀 읽었으면 좋겠다."라고들 한다. 유치원생부터 아니 그 이전부터 시작되는 사교육으로 아이가 책과 친해질 시간이 부족한 것이 현실이다. 그런데도 책 읽지 않는다고 아이만 나무라는 것은 잘못이다. 도서관 나들이는 아이가 책과 가까워질 수 있게 하는 효과적인 방법이다. 단, 아이가 책 속에 푹 빠져들 수 있는 여유도 함께 주어야 한다. 책 읽기는 아이에게 지워진 의무가 아니라 아이가 누려야 할 권리이다. 부모가 아이의 소중한 권리를 빼앗은 건 아닌지 반성할 일이다. 어떻든 친구들이 열심히 책을 읽는 광경은 엄마의 잔소리보다 더 큰 자극이 된다. 도서관은 아이에게 책을 읽어야겠다는 마음을 북돋워 줄 수 있는 최고의 장소다. 아니다. 어쩌면, 아이는 마음 편히 책 읽을 수 있는 곳을 찾고 있었는지도 모른다.

　도서관을 나서는 마음은 왠지 뿌듯하다. 읽든 안 읽든 버릇처럼 책을 빌린다. 도서관에서 보낸 시간은 아깝지 않다. 책과 함께한 시간만으로도 충분히 의미가 있다. '책'이란 지식과 정보를 전달 해주고 삶의 지혜를 가르쳐주는 것 이상으로 그 자체로서 의미가 크다. 말 그대로 책은 마음의 양식이다. 도서관이야말로 떨어질 줄 모르는 양식 창고와 같다. 도서관 나들이는 어렸을 때부터 엄마가 아이에게 줄 수 있는 최고의 교육이다. 이런저런 이유로 도서관이 멀게만 여겨졌다면 지금부터라도 도서관 출입을 시도해보자. 온 가족이 함께라면 더 신나는 일이다.

　요즈음 도서관에서는 다양한 체험행사도 연다. 여기에 적극적으로 참여해 보는 것도 괜찮을 것 같다. 독서 릴레이, 독후감 쓰기 대회, 독서통장 적립하기 등 아이들에게 책읽기를 장려하는 프로그램을 운영하기도 하고, 시낭송 대회, 동화구연 대회, 작가와의 만남과 같은 특별한 행사를 열기도 한다. 방학 중에는 가족 영화 상영, 작은 음악회 같은 문화행사를 여는 곳도 있다. 이제 도서관은 아이뿐만 아니라 가족 모두가 즐길 수 있는 문화공간으로 자리 잡았다. 여러 체험을 통해 책과 더욱 가까워지고, 나아가

부모 아이 할 것 없이 행복한 책읽기로 이어진다면 더할 나위 없이 좋은 일이다. 그렇게 된다면 '책 안 읽는 국민'이란 오명도 벗을 수 있지 않을까?

먼저, 아이 손을 잡고 도서관 나들이를 시작하자.

-박영화

독후질문과 독서토론

토론 수업은 교사와 학생의 상호작용을 중시하며, 지식 활용 능력을 기른다. 독서토론은 책에서 얻은 지식과 감동을 관념으로만 저장하지 않고 현실 문제와 연관시켜 재구성하는 능력을 키워준다.

독서는 책과 마주하는 시간으로 종결되지 않는다. 책장을 덮고 난 후에 이루어지는 활동도 매우 중요하다. 독서 과정에서 독자는 텍스트와 상호교감을 통해 책의 내용과 저자의 생각을 나름대로 수용하지만, 그것을 자기화하여 마음속에 온전하게 저장하려면 다양한 독후활동은 필수적이다. 그 중 '독서토론'은 효율적인 방법으로 널리 인정받고 있다.

"책을 읽고 나서 아이에게 무엇을 물어봐야 하나요?" 독서지도사가 자주 받는 질문이다. 엄마 입장에서는 아이가 책 내용을 제대로 이해했는지, 이야기의 전개 과정은 순서대로 알고 있는지, 주제는 잘 파악했는지 궁금하기 짝이 없다. 그래서 책장을 덮자마자 대뜸 아이에게 이야기의 줄거리를 말해 보라고 다그친다.

아이의 대부분은 더듬거린다. 어머니는 아이가 큰 잘못을 한 것처럼 윽박지르거나 화를 낸다. 또 책 읽고 나서 무조건 독후감을 원고지 몇 장 이상 쓰라고 강요하기도 한다. 이러는 가운데 엄마의 기대와는 달리 아이는 책을 점점 멀리하게 된다. 이야기에 푹 빠져 있다 보니 미처 줄거리 정리가 되지 않았는데, 엄마는 "그것도 모르냐?"라며 화를 내니 책읽기가 재미없을 수밖에.

가장 먼저 해야 할 일이 아이와 함께 책을 읽는 것이다. 아이가 원할 때까지 엄마나 아빠가 책을 읽어주면 좋다. 그러다 보면 둘 사이에 공감대가 형성되고 이야깃거리가 생긴다. 책을 같이 읽고 나서 엄마가 먼저 아이에게 말을 던져보자. "엄마는 이 책 읽고 나니 좀 슬프네, 너는 어떤 느낌이 들어?" 혹은, "강아지똥이 민들레와 껴안는 장면이 가장 기억에 남아. 너는 어떤 장면이 좋았어?" 이렇게 대화를 시작하면 책에 대한 토론이 자연스럽게 진행된다. 이 밖에도 주인공의 성격이나 행동에 대한 생각을 말해보는 것도 좋다. "만약 네가 주인공이었다면 그때 어떻게 했을까?" 등의 질문도 괜찮다. 이 같은 과정을 거치면서 독자가 책 내용을 자기화할 수 있기 때문이다.

독후 질문은 크게 3단계로 나눌 수 있다. 첫째, 사실적 이해에 대한 질문이다. 아이가 책의 내용을 잘 이해했는지, 사건이나 이야기의 흐름을 제대로 알고 있는지 서너 가지 질문을 던져본다. 사건이나 이야기 전개와 관련된 질문을 하면 된다. 둘째, 사고력을 키우는 질문이다. 동화 같은 경우에 사건의 원인이나 결과 등을 추론해 보는 질문이면 적절하다. 등장인물의 성격을 분류한다거나 드러난 현상을 보고 숨겨진 내용을 찾아내는 질문을 하면 사고력을 기르는 데 도움이 된다. 마지막으로 책의 내용과 자신의 삶을 연계시키는 질문이다. 내가 주인공이라면 어떻게 했을까, 내가 만약 그런 상황에 부닥친다면 어떻게 어려움을 극복할까, 책 내용과 관련 있는 지금 여기의 문제를 찾아보는 활동이다. 이러한 과정을 통해 아이는 책의 내용을 자신의 것으로 소화시킨다.

이 과정은 혼자서 하는 것보다 여럿이 모둠으로 진행하면 더욱 효과적이다. 같은 책을 읽고 나서 친구와 여럿이 토론하다 보면 내가 미처 생각하지 못한 부분도 알게 된다. 그리고 같은 문제를 바라보는 시각이 사람에 따라 다르다는 것도 배운다. 책을 읽고 나서 토론 수업을 강조하는 것은 이처럼 사유의 폭을 넓히고 자기 나름의 시각을 확보할 수 있기 때문이다. 독서토론은 아이의 사고력을 키워준다. 또한, 나와 다른 사람의 생각이 다를 수 있으며, 다른 사람의 의견을 존중해야 한다는 민주주의의 가치도 습득하게 된다. 이런 과정을 거쳐 마지막으로 자신의 생각을 글로 써서 정리하면 독서는 완성될 수 있다. 책이 주는 감동을 찬찬히 되짚으며 아이와 이야기를 나누다 보면 아이의 머리에 저장된 책 내용이 가슴으로 내려가고, 아이는 마침내 그것을 온전히 자기의 것으로 체화한다.

독서 수업을 진행하는 독서지도사라면, 그 대상이 고학년일 경우 주제가 같은 책을 두 권 정도 정해서 같이 읽고 토론 수업을 해도 좋다. 작가마다 주제를 다루는 방식이 다르므로 비교·분석하면서 비판적 독서를 할 수 있다. 토론 수업은 교사와 학생의 상호작용을 통해 지식 활용 능력을 기른다. 책에서 얻은 지식과 감동을 관념으로만 저장하지 않고 현실 문제와 연관시키는 활동을 통해 재구성하는 능력을 키우는 데 도움이 된다. 대학입시에서, 신입사원 면접에서 모둠별 토론 코스는 필수이다. 사회에 다른 사람과 협력하면서 살아가는 건강한 사회인이 되려면 어린 시절부터 자신의 생각을 조리 있게 말하고, 다른 사람의 생각을 경청하는 훈련이 필요하다. 독서토론은 이러한 기능을 충분히 수행할 것이다.

아이와 책을 함께 읽고 수다를 떨어라. 토론은 멀리 있지 않다.

－이경희

노래로 만나는 아이들의 삶과 시

노래를 통해 시를 가르치자. 재미있을 뿐더러
시가 가깝게 여겨진다. 놀이와 노래를 통해
만난 시는 아이들 정서를 풍부하게 만든다.

동시는 어른이 아이들을 위해 지은 시다. 동요는 반복되는 운율을 가진 동시로 그 처음은 옛날부터 구전되어 불린 전래동요에서 비롯되었다. 아이들이 지은 시는 어린이시라고 해서 따로 구분한다. 전래동요는 대부분 놀면서 부르는 노래인데, 노래는 놀이에서 나온 말이라고 한다. 어린 시절을 떠올려보면 숨바꼭질할 때도, 고무줄놀이할 때도 노래를 불렀다. 골목길에서 동무들과 노래부르며 신나게 놀던 때가 있었다. 이제 그 놀이는 전통 문화체험이란 이름으로 돈을 줘야 경험할 수 있다. 노래와 놀이가 한 가지에서 나온 것이라 하니 아이들의 놀이가 사라진 세상에서 노래가 사라진 것은 당연한 일인지도 모르겠다. 놀이와 노래가 사라지니 동시가 퇴색되는 현실도 당연하다.

아이들 노래가 사라진 자리를 트롯트를 불러대는 아이나 대중가요에 맞추어 어른처럼 섹시하게 춤을 추는 아이가 차지한다. 이런 상황에서 아이들의 삶이 담긴 노래를 들려주고 좋은 동시를 보급하고자 노력하는 이들이 있다. 백창우 씨는 시인이자 음악가이다. 그는 아이들 노래를 만드는 어린이 음반사 '삽살개'를 만들었다. 시를 노래로 만들기도 하고, 전래동요를 모아 음반을 내고, 아이들의 삶이 담긴 좋은 창작동요를 만들어 보급하기도 한다. 노래 부르는 아이들 '굴렁쇠 아이들'과 공연도 한다. 편해문은 우리의 소리와 이야기를 찾아 모으고 연구하는 민속학자이다. 그는 사라져가는 아이들의 노래를 찾아 채록하고 녹음하였다.

백창우의 〈맨날 맨날 우리만 자래〉는 유치원에 다니는 아이들과 마주보며 한 이야기를 노랫말로 만든 음반이다. 입말이 살아 있는 가사라 들으면 금방 따라 부르게 된다. 아이와 엄마가 주고받는 노랫말이라던가, 어떤 아이라도 한 번쯤 얘기했고 생각했을 내용의 노랫말을 듣고 있으면 흥겨워진다. 연주에 사용된 악기는 재미있고 정겹다. 때론 익살스런 소리가 나기도 한다. 큰북, 종, 캐스터네츠, 트라이앵글, 하모니카 같은 금방 친해질 수 있는 악기를 사용했다. 해금이나, 바순, 풍금은 친근하고 듣기에 편하다. 음악을 어렵고 힘든 것이 아니라 즐겁고 재미있게 여길 수 있도록 염두에 두고 연주했다. 마음 상하거나 힘든 일이 있을 때 악기를 집어 들고 노래를 부르다 보면 어느 순간 슬픔은 사라질 것이다. 그 외에도 초등학생들이 지은 시로 노래를 만들기도 했는데, 시란 어려운 것이 아님을 이야기하기에 좋은 예가 된다.

편해문이 아이들 노래를 찾아서 만든 책이 바로 『가자 가자 감나무』이다. 책으로 보고 CD로 애니메이션과 노래를 멀티 북으로 즐길 수 있다. 직접 채록한 할아버지, 할머니가 부르는 노래가 나오고 아이들이 다시 한 번 부른다. 옛노래의 원형을 들을 수 있다. 노래는 아이들 관심에 따라 나누어져 있다. '신나게 어울려 놀며' '동무들 놀리며' '한바탕 웃고 즐기며' '새소리를 흉내 내며' '재미있는 말놀이' '무언가 바라며' '어린 동생을 재우며' '재미있는 이야기 마당'으로 나뉜다. 놀면서 부르는 노래를 통해 아이들은 자신의 생각을 드러내고 오밀조밀한 말놀이로 한글을 배우고 어휘력을 키우기도 한다. 놀이와 노래가 어우러져 건강한 글 공부가 저절로 되는 것이다.

아이들에게 시를 가르칠 때 노래를 통해 가르치면 훨씬 재미있고 가깝게 다가갈 수 있다. 이원수, 이문구 작가의 시를 노래로 들려주고 슬쩍 시집을 보여주면 아이들은 반가워한다. 시가 노래에서 어떻게 달라졌는지 찾아보기도 한다. 시의 제목, 시의 한 구절을 숨기고 노래를 들려주고 나서 적어보라고 하면 집중해서 잘 들을 것이다. 근·현대시를 노래로 만든 것을 찾아서 듣고 그 느낌을 글로 적어보면 풍부한 감상이 나올 듯하다. 최근에는 동화 〈강아지똥〉이 노래 음반으로 나와 동화가 주는 감동을 한편의 노래극을 보듯 전달해 주고 있다. 노래를 통해 시를 배우고 직접 써보게 하자. 그리고 노래와 시가 어우러진 낭독회를 해본다면 또 하나의 즐거운 이야깃거리가 될 것이다.

> 햇볕은 고와요 하얀 햇볕은
> 나뭇잎에 들어가서 초록이 되고
> 봉우리에 들어가서 꽃빛이 되고
> 열매 속에 들어가서 빨강이 돼요.
>
> 햇볕은 따스해요. 맑은 햇볕은
> 온 세상을 골고루 안아줍니다.
> 우리도 가슴에 해를 안고서
> 따뜻한 사랑의 마음이 되어요.
>
> 〈햇볕〉, 이원수 시 / 백창우 곡

아름다운 시가 노래가 되어 마음을 맑게 해준다. 아이들이 자라면서 자연스레 스며든 문학적 감성은 정서를 풍부하게 할 것이다. 많이 놀게 해주고 많이 들려주자. 무엇이든 자연스러운 것이 좋다. 억지로 들려주지 말자. 아침에 깨울 때 틀어주고, 놀이할 때나 차로 이동을 할 때 들려주면 어느새 따라 부르게 된다. 노래와 놀이로 먼저 만난 뒤 책으로 만나면 훨씬 친숙해진다. 골목마다 아이들 노랫소리가 드높게 울려 퍼지는 세상은 건강하다.

-남춘미

연극과 역할극

가장 효과 있는 교육방법은 직접 몸으로 부딪혀보는 경험
이다. 책을 읽고 경험을 나누는 데 연극이나 역할극만큼
좋은 방법은 없다. 직접 경험한 것은 쉽게 잊지 않는다.

가장 효과 있는 교육방법은 '어떤 의도에 따라 직접 해보는 개
인적 경험'이라고 한다. 책을 읽고 경험을 나누는 데 연극이나
역할극만큼 좋은 방법은 없을 것이다. 이 독후활동은 간접경험을
직접경험으로 이어준다. 직접경험으로 느낀 것은 쉽게 잊지 않는
다.

연극이나 역할극을 처음 접하는 아이는 당황해 할 수 있다. 하
지만, 책 읽고 나서 어릴 때 해 보았던 소꿉놀이를 하는 것이라고
하면 쉽게 이해한다. 놀이와 다를 바가 없다는 것을 느끼면 두려
움은 서서히 사라질 것이다. 엄마 아빠를 정하는 것처럼 등장인
물을 나누고 아기를 맡은 아이가 아기 흉내를 내는 것처럼 인물
의 흉내를 내보도록 한다.

역할극을 하려면 극본이 필요하다. 처음 역할극을 경험하게 할 때는 있는 그대로 옮기는 극본 쓰기부터 시작한다. 책을 읽고 나서 인물의 말을 옮겨 적는다. 분량이 많으면 이야기 흐름에 꼭 필요한 말을 간추린다. 느낌을 살려 그 대본을 읽는다. 각자의 역할을 바꾸어 읽어보면 여러 등장인물을 두루 접할 수 있고 성격이나 행동을 더 잘 이해하게 된다.

임정자의 〈내 동생 싸게 팔아요〉를 읽고 극본을 써보자.

장난감 가게 언니: "짱짱이 어디 가니?"
짱짱이: "동생 팔러 시장가요."
꽃집 할아버지: "동생을? 왜?

이렇게 책에 나오는 말을 역할에 맞게 골라 그대로 적은 후 느낌을 살려 읽고 다른 주인공이 되어 읽기를 반복한다.

역할극을 표현하는 방법에는 막대인형극, 인형극, 그림자극, 그림동화극 등이 있다. 막대인형극은 주인공의 얼굴 특징을 살려 간단히 그리거나 책 그림을 복사해서 오린다. 그림을 나무젓가락에 붙여서 사용한다. 집에 있는 인형에 등장인물의 이름을 붙여 인형극으로 표현할 수 있다. 시간이나 공간의 제약이 있지만 흰 천에 불을 비추어 나타내는 그림자극이 있다. 도화지에 배경과 주인공을 그리고 역할극 하듯이 감정을 살려 읽는 그림동화극으로 표현할 수 있다.

역할극에서 소품이나 보조 자료를 사용하면 자신이 아닌 다른 사람이나 동물이 된다. 자신을 직접 보여주지 않는다는 생각을 하게 되어 다른 사람 앞에 서야 한다는 부담감을 줄여줄 수 있다. 처음에는 어색하겠지만 점점 익숙해지고 역할에 몰입되어 갈 것이다. 만들고 오려붙이거나 그림 그리는 활동도 중요하지만, 역할극 할 때는 감정이나 느낌을 표현할 수 있도록 도와주는 것이 중요하다.

역할극은 여럿이 할 수 있다는 점이 좋다. 한두 번 역할극을 경험해본 아이들은 스스로 배역을 나누고 할 일도 나누게 된다. 이런 경험은 자연스럽게 협동심을 길러준다. 처음에는 그대로 옮겨 적던 대사도 상상력이 더해져 만들어낸다. 한 모둠만 있을 때는 선생님이나 부모가 관객이 되지만 여러 모둠으로 나누어서 연기하면 연기자도 되고 관객도 되어볼 수 있다. 다른 모둠의 연기를 보면서 용기를 얻을 수 있다. 연기를 마친 후 성취감과 자신감을 가지게 된다. 표현력도 길러진다.

아이들은 역할극 하는 방법을 한 번만 가르쳐 주면 금방 응용을 한다. 처음에는 가르쳐준 대로 하지만 다음번엔 새로운 장면이나 대사를 만들어 낸다. 인물의 성격이나 행동을 자세히 분석하여 자기만의 주인공을 탄생시킨다. 그것을 연극 속에서 자기만의 느낌과 몸짓으로 나타낸다. 이것은 연극을 처음 할 때의 수줍음이 짜릿한 성취감으로 변하는 것을 느끼게 해준다.

관객들의 박수는 내성적인 아이를 밖으로 이끌어 준다. 자신감을 얻은 아이는 생활이 즐거워진다. 이런 변화는 책읽기의 중요성을 강조하지 않더라도 책을 스스로 읽게 할 것이다. 이번엔 책을 읽고 어떤 주인공이 될까 하고 말이다. 연극이나 역할극으로 표현하는 독후활동으로 책읽기의 즐거움을 온몸으로 느낄 수 있도록 해주자.

-변정숙

다르게 생각하기

종이봉지공주는 공주에 대한 고정관념을 깨뜨린다. 마땅히
그러할 것이라는 생각을 접고 나와 네가 다름을 마음에
둔다면 공평한 관계맺기는 이미 시작된 것이다.

〈백설공주〉, 〈신데렐라〉, 〈인어공주〉하면 모르는 사람이 없을
정도로 익숙한 작품이다. 아주 먼 옛날부터 구전되어 온 이야기
를 몇몇 이야기꾼들이 엮어내면서 시대와 나라를 초월한 베스트
셀러가 되었다. 지금도 '세계 명작 동화'라는 진열대에서 어렵지
않게 볼 수 있다. 이들 책에 등장하는 주인공은 공주이거나 왕비
가 된다는 공통점과 아울러 아름답고 착한 마음씨의 소유자이다.
물론 백마 탄 왕자님과 밀접한 관계 구도를 형성한다. 그런데 여
기 공주에 대한 고정관념을 업어치기 하는 한 선수가 있으니 이
름도 생소한 〈종이봉지공주〉이다.
'종이봉지공주'는 기존의 공주와 다른 정체성을 지니고 있다.
인형 같은 얼굴 대신에 단춧구멍만한 눈과 푸석한 단발머리를 한

말라깽이 몸매. 상황에 따라 자신의 감정이 고스란히 드러나는 우스꽝스런 표정과 몸짓도 주저하지 않는다. 용의 불길에 홀랑 타버린 옷 대신 종이봉지로 옷을 만들어 입는 소탈한 공주. 그 옷을 입고 왕자를 구하려고 뛰어가는 장면에서는 순진함과 무모함이 교차하는 속내가 보인다. 심지어 동굴 문을 두드려 용을 불러내고 용의 장기를 역이용하는 여유만만한 태도에서 여전사의 기상마저 느껴진다. 공주다움을 가장 여실히 보여 주는 장면은 마지막 장면이다. 왕자는 자신을 구해 준 공주의 헌신에 아랑곳없이 예쁜 공주를 찾는다. 종이봉지공주는 배은망덕한 왕자에게 일침을 가하고는 씩씩하게 자신의 길을 간다.

〈종이봉지공주〉는 아이에게 자신과 상대방을 올바르게 볼 수 있는 관점을 제공한다. '종이봉지공주'는 씩씩한 공주이다. 왕자를 구하고자 망가지는 것을 두려워하지 않고 온 힘을 다한다. 왕자는 자신을 구해 준 공주의 마음을 보지 못하고 외모만 보다가 공주와 헤어지는 불운을 맞는다. 아이도 공주처럼 남들과 다른 자신만의 모습을 인정받기를 원한다. 외형적인 조건으로 평가받고 이분법적으로 규격화되는 것을 좋아하지 않는다. '종이봉지공주'를 보면서 주변에서 원하는 모습이 아니라 나대로의 것을 이야기할 수 있다. 내가 진정으로 원하는 것이 무엇인지를 알아가는 과정이다. 더불어 상대방을 올바르게 바라보고 다름을 포용하는 마음을 기른다.

이 책을 읽고 생각 나누기를 할 때는 여러 가지 발문을 한다.

먼저, 책을 읽고 알 수 있는 공주의 모습, 성품, 태도를 살핀다. 공주가 용을 물리치려고 어떻게 했는지 되짚어보면 알 수 있다. 그런 다음, 기존에 읽었던 공주 이야기와 비교하면서 종이봉지공주와의 차이점을 찾는다. 왜 이런 차이가 있는지를 고민하기 위해서 실제 우리 주변에서 볼 수 있는 사례를 이용한다. 예를 들어, 주변 인물과의 대화와 속담을 함께 이야기하면 성 역할에 대한 고정관념을 떠올릴 수 있다. 간호사가 된 청년, 여자 축구 선수 등의 신문기사는 다르게 생각하기를 시도할 수 있는 자료가 된다. 실제로 아이는 엄마와의 대화에서 자신의 마음과 다른 태도를 요구받고 있다. '남자가 뭐 그런 걸 가지고,' '여자답지 못하게' 라는 말들이 그런 류이다.

아이와 함께할 수 있는 활동은 글쓰기와 종이봉지 옷 만들기이다. 고학년은 함께 나눈 이야기를 바탕으로 양성 평등에 대한 주장글을 쓴다. 자신이 진정으로 하고 싶은 일이나 이루고 싶은 꿈을 쓰는 것도 좋다. 재미있게 할 수 있는 활동은 옷 만들기다. 만들기에 앞서 미래의 내 모습이 어떠할지 상상한다. 옷의 종류를 결정하기 위해서이다. 옷의 용도가 분명해지면 형태와 디자인을 그린다. 의사라고 해서 꼭 흰 가운을 입어야 하는 것은 아니라고 넌지시 흘려 준다. 간단한 작업을 원할 때는 황색 봉투를 준비해서 자신이 구상한 옷을 그리고 색칠하거나 꾸미기를 한다. 이때 봉투의 입구와 반대되는 쪽을 어깨로 하면 어깨는 붙고 밑단은 떨어져 있어서 옷다워진다. 좀 더 실감 나게 만들고 싶다면 큰 종이 봉투나 비닐 봉지를 준비해서 입체감 있는 옷을 만들 수 있다. 다양한 소품도 준비하면 더욱 좋겠다. 옷이 완성되면 자신의 옷을 들거나 입고 무엇을 할 것인지 이야기한다. 마지막으로 화면 속 자신을 보며 즐거워하는 아이를 위해서 한 컷 찰칵!

-이난영

내가 만든 책

독후 방법 중 하나인 책 만들기를 통해 독자는
책의 진정한 주인이 된다.

　아이들이 책읽기를 싫어하는 이유 중 하나가 독서하고 난 뒤의
숙제 때문이다. 학교에서는 독서의 결과물로 독후감을 과제로 낸
다. 부모는 자녀가 제대로 읽었는지가 궁금해 내용을 꼬치꼬치
묻는다. 이렇게 되면 책읽기가 즐거운 것이 아니라 피하고 싶은
일이 된다. 과제나 강요 때문에 억지로 읽었지만 독후활동이라도
재미있게 한다면 책읽기가 훨씬 즐거워질 것이다.
　책 만들기를 하려면 먼저 책읽기가 선행되어야 한다. 준비물로
는 4절 도화지(색지는 연한 색으로), 사인펜이나 색연필, 꾸밀 수
있는 재료, 칼, 필기도구 등이 필요하다. 책 만들기를 할 때 먼저
4절 도화지를 가로(긴 쪽)로 반을 접는다. 그리고 세로(짧은 쪽)
로 반을 접고 또 반으로 접어, 모두 2번 접어 8칸이 되게 한다.

그리고 전체를 펼쳐 가로면의 가운데 접힌 가로 2칸을 칼로 그어 절단선이 생기게 한다. 이때 세로로 자르지 않게 주의해야 한다. 마지막으로 접힌 선대로 자연스럽게 접어 책을 완성한다.

책은 모두 8면으로 이루어진다. 1면과 8면은 책의 앞면과 뒷면인 겉표지이므로 쪽수를 적지 않는다. 나머지 2면에서 7면은 쪽수를 적어 넣는다.

1면인 책의 앞표지에는 자신이 정한 책 제목과 지은이와 출판사를 적는다. 제목은 주제와 어울리거나 자신의 이름을 넣어 정할 수 있다. 또는 다른 사람에게 권하는 내용으로 해도 된다. 지은이는 책 만드는 어린이의 이름을 적고 출판사의 이름도 자유롭게 정한다.

2면에서 7면은 읽은 책 내용으로 다양하게 꾸밀 수 있다. 글과 그림을 넣어 꾸미면 더욱 재미있는 활동이 된다. 동화를 읽었을 때에는 줄거리와 느낌을 짧게 적고, 등장인물 성격의 장·단점, 한 일 등을 적는다. 그리고 기억에 남는 장면이나 줄거리에 대해 그림을 그린다. 그림은 내용에 따라 4컷, 8컷, 10컷 등 다양하게 할 수 있다. 지식과 정보를 알리는 책을 읽었을 때에는 새롭게 알게 된 지식과 정보에 대해 간단하게 적는다. 그리고 용어에 대해 설명을 하거나 책 내용과 관련된 퀴즈 풀이나 퍼즐 맞추기 등의 내용으로 만들 수 있다. 동시를 읽은 경우에는 자신이 좋아하는 동시나 창작한 동시로 내용을 채운다. 이처럼 읽은 책의 종류에 따라 내용 꾸미기도 다양하게 할 수 있어 모든 책의 독후활동으로 할 수 있다.

마지막 8면은 책의 겉표지로 바코드를 그리거나 가격, 책 사용이나 분실 시 주의점 등을 적어 꾸민다.

책을 완성하고 나면 발표의 시간을 가진다. 이때 발표를 좀 더 재미있고 기억에 남도록 하려면 약간의 준비가 필요하다. 무대나 음악, 조명 등을 적절히 사용하여 분위기를 북돋운다. 그리고 자신이 만든 책을 발표하고 친구들이 만든 책도 돌려 읽는다.

책 만들기 독후활동은 다른 독후활동(편지쓰기, 뒷이야기 이어쓰기, 감상그림 그리기)보다 아이들이 흥미를 느낀다. 그 이유는 글과 그림을 사용하여 다양하게 원하는 대로 꾸밀 수 있기 때문이다. 그리고 책이라는 창조물을 만들어 자신감을 얻고, 또 발표를 통하여 다른 사람에게 자신의 창조물을 보여주는 데서 뿌듯함을 느낄 수 있기 때문이다. 책 만들기는 모든 학년에서 할 수 있는 독후활동이다. 아이들은 책 만들기 활동을 통해 온전히 읽은 책의 주인으로 거듭나는 기쁨을 얻게 된다.

－이미숙

작가 만나러 가요

가시밭길 같은 경쟁 사회에서 꿋꿋하게 살아갈 수 있는 힘은
그래도 책이다. 옆구리에 책을 끼고 평생 살아갈 수 있다면 결코
좌절하지 않을 것이다. 그것도 열광하는 작가와 함께라면.

독서의 완전학습은 독후활동이다. 책을 읽었다면 그 다음은 독
후활동이다. 독후활동은 책 밖으로 나가는 행위이며 책을 뛰어넘
는 실천이다. 흥겹게 체험해 본 독후활동은 '독서의 중요성'을
백 번 강조하는 것 못지 않은 효과가 있다. 달콤한 말도 반복해서
들으면 소음이 되기도 한다. 그러나 귀에 못이 박히도록 강조하
는 책읽기는 그만큼 중요하다. 지구가 둥글듯, 하늘에 태양이 하
나이듯, 너무나 당연한 사실이다. 제대로 된 책읽기는 책을 덮고
난 후부터임을 잊어서는 안 된다.

책읽기는 개인의 취향에 따라 다르다. 백 권을 한 번씩 읽는 사
람과 한 권을 백 번 읽는 사람이 있다. 어느 것이 옳다고 손을 들

어줄 수 없는 것은 전문가의 견해가 다르고, 선현들마다 다른 독서법을 해왔기 때문이다. 책을 읽히다 보면 아이의 취향을 발견할 것이다. 전문가는 편식의 해로움을 예로 들며 편독의 유익하지 않은 점을 말한다. 지당한 말이다. 그러나 지적하고 강요하기 전에 아이에게 좋아하는 작가를 만들어 주자. 책을 샀다면 책 속지에 있는 작가의 사진이며 프로필을 먼저 읽어보자. 그러다 보면 다음에 우연히 서점에서 그 작가의 이름을 보면, 마치 작가를 만난 듯 좋아할 것이다. 기쁨으로 가득 찬 목소리로 "엄마, ㅇㅇㅇ책의 작가야."라고 말한다면 과감하게 그 책을 사주자. 절반은 성공이다.

좋아하는 것을 할 때는 행복하다. 그 일을 하면 에너지가 저절로 솟아난다. 부모는 그런 열정을 아이에게 심어주고 찾아주어야 한다. 열광할 정도로 좋아하는 것을 찾을 때까지 다양한 시도를 해보아야 한다. 흔히 듣는 말 중에 "우리 아이도 ㅇㅇ네 아이처럼 책을 잘 읽으면 사줄 텐데……."라는 말이다. 명품 가방을 사기 위해 계를 하면서도 책값 앞에 자린고비가 되는 학부모를 볼 때면 안타깝다. 일단 사주고 후회하는 것이, 사주지도 않고 포기하는 것보다는 낫다. 가시밭길 같은 경쟁 사회에서 내 아이가 꿋꿋하게 살아갈 수 있는 힘을 주는 것은 그래도 책이다. 옆구리에 책을 끼고 평생 살 수 있다면, 그 아이는 어떤 곳, 어떤 위치에서라도 흔들리지 않을 것이다. 결코 좌절하지 않을 것이다. 그것도 열광하는 작가와 함께라면.

왁자지껄 독서이야기

"선생님, 저는 '아스트리드 린드그렌'을 좋아해요."

좋아하는 작가를 묻는 질문에 초등학교 2학년 태민이가 한 대답이다.

"그렇구나, 그 작가를 왜 좋아하게 됐니?"

라고 하자 〈말괄량이 삐삐〉를 읽은 후부터란다. 제도권 교육에 막 진입한 아이라면 정해진 틀에 맞추기 위해 자신의 욕망을 억제하는 것부터 익혀야 한다. 퍼즐처럼 정해진 생활은 나름 스트레스가 되어 힘들 것이다. 그때 만난 삐삐는 카타르시스를 주기에 충분하다. 천방지축에 힘센 삐삐는 어른도 골탕 먹이는 아이다. 학교도 가지 않고 하고 싶은 대로 하는 삐삐가 사는 곳은 '유토피아'인지도 모른다. 5학년이 된 태민이는 아스트리드 린드그렌의 작품을 '오십 편' 읽었고 '서른 권' 소장하고 있다. 자연스럽게 스웨덴이라는 나라에 관심을 갖게 되고 언젠가는 꼭 가볼 것이라고 한다. 지금도 용돈을 모아 한 권씩 사는 것이 최고의 기쁨인 그 아이를 보면 나도 기쁘다. 당찬 아이의 포부를 듣고 있는 것만으로도 보람을 느낀다.

'걸어 다니는 백과사전'이랄 정도로 〈Why〉 시리즈를 좋아하는 상기는 '인체'에 관한 책을 너덜너덜하게 읽었다. 어느날 뜬금없이 "선생님, 우리 몸에 혈관이 몇 개인지 아세요?"라고 질문했다. 모른다고 했더니, 줄줄 읊어댄다. 선생의 놀라워하는 표정에 우쭐했던지 틈만 나면 어려운 질문을 만들어 와서 골탕을 먹인다. 아이의 입에서 인체에 관한 이야기가 나올 때마다 감탄으로 대응했더니 신이 나서 더욱 열심히 읽는다. 그러면서 자신도 그런 시리즈 책을 낼 것이라고 한다. 꿈을 가진 것이다. 그런데 늘 싱글벙글 웃던 상기가 힘이 쭉 빠져 수업에 왔다. 〈why〉 시리즈 같은 책을 내겠다는 말에 "니가? 엉뚱한 생각 말고 공부나 해."라는 아버지의 칼날 같은 반응에 상처를 입은 것이다. 아이의 말이 아무리 허무맹랑해도 어른은 그 생각에 찬물을 끼얹어서는 안 된다. 겨울 내내 언 땅을 차고 올라온 새싹의 목을 댕강치는 행위나 다름없다. 꿈을 키워줄 자신이 없다면 차라리 침묵하라. 〈why인체〉를 탐독한 상기는 요즘은 〈why역사〉에 푹 빠져 있다. 또 어떤 질문으로 당황하게 할지 궁금하다. 유쾌한 도전에 행복한 항복을 준비한다.

진정한 독서는 행동으로 옮겼을 때 값어치가 있다. 지금 당장 스웨덴으로 갈 수 없다면, 〈why〉 시리즈를 펴낼 수 없다면, 차선책을 찾아야 한다. 조금만 주위를 돌아보면 이웃에 많은 작가들이 있다. 〈콩, 너는 죽었다〉를 읽고 섬진강을 다녀와도 좋고, 〈강아지똥〉을 읽었다면 안동 조탑리를 찾아가도 좋다.

민들레가 지천에 피는 봄날에 도시락을 싸서 작가의 숨결을 찾아 떠나보자. 작가를 직접 만난다면 더없이 좋겠지만 그렇지 않아도 상관없다. 책을 들고 그 작가의 자취를 찾아가는 여정 자체가 아이에게는 이미 완성 이상의 무엇을 심어주었으니까. 아이를 위한 약간의 수고로움은 미래를 위한 투자다.

책은 출간되는 순간부터 작가의 곁을 떠나 독자의 것이 된다. 작가나 필자가 의도한 것보다 독자가 수용하는 의미와 느낌을 중시하는 것이 독서의 기본원리다. 그렇다고 작가의 모든 것이 무의미하다는 말은 아니다. 독서는 어쩔 수 없이 저자의 생각을 따라가는 일이다. 작가의 자취와 숨결을 확인할 수 있는 현장을 체험하는 것은 독서에 부수되는 것이긴 하지만, 그 책을 깊이 이해하고 생생하게 기억하는 데 많은 도움을 준다.

－정아경

박물관은 살아있다

지역 박물관을 찾아가자. 긴 시간을 들이지 않고도 한 주에 한 곳씩 알찬 체험활동을 꾸려볼 수 있다. 그날의 주제와 관련한 자료로 이야기를 들려주면 박물관은 살아있는 공간이 된다.

박물관 하면 옛 유물이 전시된 딱딱한 공간을 떠올리게 된다. 이곳저곳 여러 전시실을 보고 나면 다리만 아프고 무엇을 봤는지 기억에 남는 것이 없다. 아이에게 박물관은 따분한 곳이 되고 만다. 너무 많은 볼거리와 이야기를 제공하기보다 하나의 주제로 박물관을 탐험해 보자. 지역에 있는 몇몇 박물관은 학교에서 여러 차례 견학을 가기 마련이다. 그러나 박물관을 유심히 살펴보면 뜻밖에 테마별 박물관이 많다는 것을 발견하게 된다. 긴 시간 들이지 않고 한 주에 한 곳씩 지역 박물관 탐험으로 알찬 체험활동을 꾸려볼 수 있다.

각 지역에는 박물관이 있는 대학이 많다. 지역과 관련된 유물이 전시되어 있고 주제가 있는 전시회를 열기도 한다. 작은 전시회는 관람료 없이 즐길 수 있다. 박물관에 가기 전 주제와 관련한 자료를 사전에 준비하자. 가령 민화 전시회가 있다면 민화가 무엇인지, 민화에는 주로 어떤 소재가 사용되는지 정도는 알고 간다. 전시회를 둘러보고 가장 마음에 드는 작품은 옮겨 그려보고 소원을 적어보는 등 다양한 체험활동을 할 수 있다. 조경이 잘된 대학 캠퍼스는 그것 자체로 아이들에게 놀이터다. 대학에 딸린 부속 건물에도 볼거리가 있다. '계명대 한학촌'은 주변 조경과 어울려 운치를 자아낸다. 한옥의 아름다움을 느낄 수 있고 옛 물건도 볼 수 있다.

'동산의료선교박물관'은 의료 선교 100여 년의 역사를 살펴볼 수 있는 곳이다. 옆 건물에는 '3.1운동 역사 박물관'도 있다. 근대 초기 의료 기구는 쉽게 볼 수 있는 유물이 아니어서 치료하는 장면이 실감 나게 떠오른다. 박물관 앞에는 대구 최초 서양 사과나무 자손목이 있다. 선교사가 심은 나무로 100년쯤 된 거라 이야기하면 아이들은 신기해 한다. 이 사과나무는 대구를 사과의 고장으로 불리도록 만든 시조목이기도 하다. 박물관 주변에는 근대문화와 관련한 곳이 많다. '3.1만세 운동 길'이나 건물 자로 아름다움을 자아내는 '계산성당'이나 '제일교회'도 있고 '이상화 · 서상돈 고택'도 있다. "청라 언덕을 거닐며 봄의 교향악이 울려 퍼지는~"이라는 노래를 부르며 아이들과 근대문화 골목길 여행을 해보는 것도 괜찮을 듯하다.

'대구스포츠기념관'은' 2002 월드컵'과 '2003 하계유니버시아드 대회'를 기념하기 위하여 마련된 곳이다. 대구의 역사와 스포츠 관련 이야기가 흥미롭게 펼쳐진다. 스포츠 관련 체험관이 마련되어 있는데 아이들이 재미있어 한다. 가상공간에서 축구, 배구, 100m 달리기를 체험해 볼 수 있다. 마련되어 있는 시상대에 올라 금메달을 목에 건 듯 사진도 한 컷 찍어주자. 기념관 밖은 월드컵경기장이 있어 광장에서 신나게 뛰어놀 수 있다. 시간이 맞으면 무료 영화도 관람할 수 있다.

그 외에도 대구에는 '자연염색박물관'이나 '방짜유기박물관'도 있다. 문화콘텐츠산업의 중요성이 두드러지면서 개인이 운영하는 박물관이나 테마전시관이 많이 생겼다. 먼 곳으로 여행갈 필요 없이 하루 코스로 아이들과 역사를 체험하고 즐겨보자. 고학년 아이들이 어려워하는 과목 중 하나가 사회다. 생소한 어휘들이 많이 나오기 때문이다. 하지만 평소 가족과 체험활동을 많이 해 본 아이라면 사회는 재미있는 과목이 된다. 그날의 주제와 관련한 자료를 준비하여 먼 옛날의 이야기를 펼치듯 들려주면 박물관은 살아 있는 공간이 될 것이다.

-남춘미

상상력 따먹기

책을 스스로 만들어 보는 과정에서 상상의 주머니가 자극 받는다. 책을 만들고 나서 느끼는 성취감도 쑥쑥, 나도 작가라고 느끼는 자신감도 쑥쑥 자란다.

책을 꾸준히 읽어 온 아이는 자신의 감추어진 생각과 이야기보따리를 풀고 싶은 때가 있다. 우리 아이만 봐도 그렇다. 책을 보거나 만화를 보다가 갑자기 벌떡 일어난다. 한쪽에 쌓아 둔 종이 꾸러미를 가져다 반으로 접어 스테플러를 찍고는 뭔가를 끼적거린다. 네모를 그리고 말주머니도 그렸다가 뭐가 마음에 들지 않는지 지우개 똥을 이리저리 흩어놓으며 고심하는 듯하다. 한참을 그러다가 만족스러운지 뿌듯한 표정으로 책 틈새에 쓰윽 꽂아둔다. 몰래 엿본 종이 더미에는 '새가리의 탄생', '책 먹는 개' 등의 제목이 시커먼 연필 때와 어울려 그려져 있다. 쪽수를 더할수록 앞뒤 연결이 안 되는 비논리성 때문에 왜 이런 장면이 있는지에 대한 부질없는 생각도 해본다. 내 눈으로 본 아이의 책은 뭐랄까? 한 마디로 난해하다.

아이들이 글쓰기를 할 때 힘들어하는 부분 중의 하나는 시작 부분이다. 처음과 끝 부분을 일관성 있게 연결지어 마무리하는 것도 마찬가지다. 긴 글은 더욱 힘들어한다. 그래서 시도한 수업이 상상력을 동원한 글쓰기다. 이른바 '나만의 그림책 만들기'. 아이들이 자주 들어보고 익숙한 글감을 생각하다가 '물의 순환'을 떠올렸다. 먼저 물방울이나 물의 여행과 관련된 한 편의 시를 읽고 물의 입장이 되어 마음 열기를 시도한다. 자신이 작은 물방울이 되어 여행을 시작한다고 상상할 수 있도록 사물을 의인화한 책도 읽는다. 시와 책을 통해 물방울이 여행할 수 있는 다양한 경로에 대해 이야기를 나눈 다음 이야기의 재료가 될 수 있는 제재를 몇 가지 선정한다.

이야기의 제재는 공통제재와 선택제재로 나눈다. 선택제재는 몇 가지 분류하여 봉투에 넣은 다음 아이들에게 제비뽑기를 하도록 한다. 아이들은 자신이 쓰게 될 물방울의 이동 경로를 정하고, 뽑기 한 제재를 떠올려 얼거리 쓰기를 한다. 등장인물, 중심내용, 이야기의 시작, 일어날 수 있는 어려움과 이야기의 결말에 대해 간단하게 쓴다. 몇 장면으로 나눌 것인지 생각한 다음 장면을 나눈다. 다음은 그림책을 만들기 위해서 책 틀을 만든다. 도화지와 색지를 이용해서 표지를 만들고 자신이 정한 장면에 따라 그림책 면을 나눈다. 그림책 틀이 완성되면 색종이를 이용하여 물방울을 접는다. 등장인물에 따라 다른 색깔과 크기로 나누어 접는 것은 재미 배가! 이 부분은 쓰기를 잠깐 쉬어가는 시간이기도 하다.

이제 책을 만든다. 그림책 틀 안에 자신이 만든 얼거리와 장면 나누기에 따라 글을 쓰고 그림을 그린다. 얼거리를 제대로 쓰지 않거나 장면 나누기를 하지 않아 책을 만들면서 몇 번씩 수정하는 일도 있다. 장면이 자꾸만 늘어나서 끝내기를 어떻게 해야 할지 당황하는 아이도 있고, 갑자기 쓰기가 귀찮아져서 서둘러 마무리하는 아이도 있다. 어쩌다 쪽수가 남을 때에는 후기를 쓰기도 한다.

그림책 만들기에서 앞표지와 뒤표지 꾸미기도 중요하다. 앞표지에는 책제목, 지은이, 출판사 이름을 넣는다. 그리고 그림책의 주제를 드러내는 그림을 그려넣으면 된다. 뒤표지도 중요하다. 그림책의 메시지와 연관있는 상징적인 그림을 그리고, 바코드도 넣는다. 스스로 책값도 정해본다. 아이들은 자신이 완성한 그림책을 다시 읽어보고 다양한 반응을 내비친다. 꼭 안고 즐거워하는 아이부터 뭐가 마음에 들지 않는지 마지막 장을 덮는 아이까지. 그래도 자신이 한 권의 책을 완성한 데서 오는 뿌듯함은 모두 느끼는 것 같다. 끝으로 그림책 만들기를 한 수업에 대해 느낌을 나눈다.

이 수업은 모두 3,4차 시로 나누어 진행할 수 있다. 자칫 지루할 수 있지만 매차시마다 이루어 낼 목표를 미리 알려주고 차시가 끝날 때마다 자신의 성과물을 살펴보도록 한다. 독서력이 풍부하지 않은 아이나 쓰기를 싫어하는 아이는 얼거리 쓰기를 좋아하지 않을 때도 있다. 머리에 다 들어 있다면서. 억지로 쓰기를 하는 것보다, 하지 않았을 때 책 만들기 과정이 힘들 수 있다는 것을 스스로 느끼는 것이 더욱 자연스러울 것 같다. 좀 더 마음 쓸 것은 동기부여이다. 책 만들기에 앞서 다양한 자료를 활용하여 그림책 만들기에 도전할 마음의 틈새를 열어준다. 몇 개월 함께 책읽기를 해 온 아이들과 한다면 더욱 좋다. 비록 완성도가 떨어진다 해도 자신이 만든 그림책을 다시 읽으면서 슬며시 번지는 아이들의 미소는 무엇과 바꿀 수 없는 보물이다.

-이난영

독후감 쓰기

책을 읽었다. 가슴 한 편에 묵직하게 무언가 남는다.
펜을 들었다. '나의 독후감'을 쓰기 시작한다.

"저는 독자의 반응에 대해 신경 쓰지 않아요."

『칼의 노래』와 『남한산성』의 작가 김훈이 한 말이다. 새로 나온 책을 소개하고 그 작가를 초대해서 이야기를 나누는 TV 프로그램에서였다. 이 시대를 대표하는 '글쟁이'로 불리는 작가라서가 아니라 왠지 멋져 보였다. 작가가 독자의 반응에 개의치 않는다니……. 호기심이 발동했다.

독자도 그럴 수 있을까? 작가와 무관하게 작품을 해석하는 것이, 주제에 신경 쓰지 않고 자기식대로 읽는 것이 가능할까? 책 읽기 대부분이 국어 시험이나 독서 퀴즈와는 무관한 것이므로 가능한 일이다. 그런데 그것이 쉽지 않다. 책을 대하는 독자는 혹여 한 줄이라도 놓칠까봐 바짝 긴장한다. 요즘 들어 자주 그러기도 하지만, 못다 읽은 책을 다시 펼칠 때마다 앞부분을 되돌려 보게 된다. 특히, 소설을 읽을 때는 이야기의 흐름을 놓치면 큰일이라도 나는 줄 알고 기억의 꼬투리가 잡힐 때까지 책장을 거꾸로 넘기기 일쑤다. 이렇게 여러 번의 되새김 끝에 마무리할 수 있었던 책도 많았다. 세상일이란 게 다 그렇지만 책읽기도 공들여야 하는 일임이 분명한 것 같다.

책읽기를 흔히 '책과의 대화'라고 말한다. 독자는 문자 해독과 동시에 끊임없이 그 기호에 담겨진 의미를 탐색하고 행간을 추리한다. 저자가 전달하려는 메시지가 무엇인지, 숨은 의도가 어떤 것이지 알려고 안간힘을 쓴다. 책 너머에 있는 저자에게 무언의 질문을 던지고 내 안의 나와도 끊임없이 대화한다. 이러한 과정을 겪고서 가슴 한편에 오롯이 남는 그것이 바로 '책과의 대화'로 얻은 열매다. 책읽기의 목적이 달성되는 순간이다. 그런데 안타깝게도 그것으로 끝이다. 얼마 전에 읽었던 책인데 제목 말고는 생각나는 것이 없다. 기록해 두지 않았기 때문에 기억해 내기란 더욱 어려운 일이다. 힘겹게 수확한 열매도 가물가물해진다.

내가 얻은 열매를 저장해 두려는 것이 바로 독후감이다. 학창 시절의 기억을 떠올려 보면, 하기 싫었던 것 중 하나가 독후감 쓰기다. 책읽기를 좋아했지만 독후감 때문에 책장을 다시 뒤적거리긴 싫었다. 가만 보면 지금의 아이들도 사정은 마찬가지인 것 같다. 읽기조차 싫은데 억지로 책을 읽으라 하고, 거기다가 수행평가다 뭐다 하며 독후감으로 점수를 매기니 안 쓸 수도 없는 노릇

　　　　　　　　왁자지껄 독서이야기

이다. 이런저런 핑계로 시간을 끌다 결국 인터넷을 뒤져 여기저기서 퍼온 남의 독후감을 자기 것인 양 내놓는다. 독후감 숙제가 싫어 책읽기 자체에 흥미를 잃는다면 독후감은 존재해야 할 이유가 없다.

하지만, 독서지도를 하는 처지에서 보면 책을 자기 것으로 만드는 방법으로 독후감만큼 효과적인 것도 없다. 책을 제대로 읽었는지 평가하려면 독후감 한 편이면 된다. 내용을 이해했는가, 주제를 잘 파악했는가, 거기다 표현력까지도 평가 항목으로 두어 읽기와 쓰기를 동시에 교육할 수도 있다. 그러다 보니 어느 정도의 일정한 '틀'이 만들어졌고 그것에 맞추어 쓰는 것이 통념처럼 되어버렸다. 같은 책을 읽은 아이들의 독후감이 비슷비슷한 이유가 여기에 있다.

독후감은 말 그대로 읽고 나서 느낌을 적은 것이다. 독자가 열이면 열, 책을 읽은 소감은 모두 다를 수 밖에 없다. 따라서 독후감은 자신의 감상이 어떠한지가 주가 되어야 한다. 여기에 형식은 중요하지 않다. 그것이 편지글이어도 좋고, 일기처럼 써도 좋다. 인터뷰 형식이어도 괜찮고, 아니면 만화로 표현해도 된다. 중요한 것은 책에 대해 무언가를 쓴다는 사실이다. 그러니 만약 아이의 독후감을 본다면 이런 말은 하지 말아야겠다. "글자가 이게 뭐니?", "독후감은 이렇게 쓰는 것이 아닌데.", "이야기 내용이 뭐지?", "글 쓴 사람이 하려고 하는 말이 뭘까?" 독후감은 글자가 아니라 내용이 중요하다. 정해진 형식도 없다. 독후감에 줄거리 요약을 굳이 할 필요도 없다. 지은이가 무엇을 말하느냐보다 내가 어떻게 느꼈는지를 쓰는 것이 독후감이다. 내가 뽑아든 한 권의 책이 나의 삶과 맥이 닿아 뜨거운 감흥이 일고, 그것으로 새로운 문제의식이 내면에 자리 잡는다면 그것이 바로 독후감의 주제가 되는 것이다. 책을 덮는 순간 가슴 한편에 남는 그 무엇을 고스란히 종이에 옮겨 놓는 것이 독후감이다.

작가의 손을 떠난 책은 독자의 손에 들려질 때야 비로소 그 가치가 생성된다. 서점에서 돈을 지불하고 선택한 책이든, 발품을 팔아 도서관 책장에서 빼 든 책이든 그 시점부터 주인은 바로 독자다. 투자한 만큼 기대에 못 미친다든지, 그것을 훨씬 능가한다든지 하는 판단은 독자의 몫이다. 책 내용에 대한 해석과 그것에 대한 반응도 주인인 독자가 하는 것이다. 이것은 아무리 어린 독자라도 가능한 일이다. 아이가 "이 책 정말 재밌어요."라고 말한다면 그것도 독후감이다.

독자의 반응에 연연하지 않고 글을 쓰는 작가가 멋있게 보이는 것처럼 작가나 작품 자체에 얽매이지 않고 자기만의 관점으로 책을 읽는 독자가 멋진 독자가 아닐까? "어리석은 사람은 이름난 작가의 것이라면 무엇이든지 찬미한다. 나는 오직 나를 위해서만 읽는다."유명한 프랑스 작가이자 사상가 볼테르가 한 말이다. 여기에 하나 더 "나는 오직 나를 위해서만 쓴다."독후감은 바로 이런 것으로 생각한다. 왜냐하면, 내가 책 주인이니까.

—박영화

　　　　　　　　　　왁자지껄 독서이야기

제 5장

쓰다듬는 독서

독서테라피와 독서클리닉

독서테라피가 독서로써 마음을 치료하는 과정이라면,
독서클리닉은 독서 능력을 치료하는 과정이다.

　오랜 시간 독서지도를 했다. 어린 아이부터 중, 고, 대학생 및
주부, 평생교육원의 할머니 할아버지까지 많은 사람을 만났다.
그 중에는 아이의 독서교육을 걱정하는 어머니는 물론 학교 도서
관 담당 교사, 위기 아동 청소년이나 정신보건센터의 환자에 이
르기까지 여러 사람이 포함되어 있다. 집단 상담을 비롯하여 성
장 및 계발 프로그램으로도 많은 시간, 여러 사람과 함께 했다.
그러나 그 어떤 역할보다도 나는 오랜 시간 책을 읽어온 독자였
다. 책읽기나 글쓰기가 사람을 바꾸고 세상을 변화시킬 수 있다
는 사실을 조금도 의심하지 않았기에 즐거운 일이었다.

　오늘날 독서나 문학의 역할은 어디까지인가? 누구나 자기의 인

생에 영향을 남긴 책 한 권, 혹은 한 편의 시를 주저없이 말할 수 있지 않을까? 음악, 미술, 원예 등 각종 예술치료와 더불어 웃음, 작업, 놀이치료까지 치료의 영역은 병원 문턱을 넘고 의료의 혜택도 넘어 확대 분화되고 있다.

독서치료, 시치료, 문학치료, 일기치료, 치료적 글쓰기, 이야기치료 등 여러 이름으로 나뉘어 활발히 이루어지고 있으나 그 역사나 범위에 비해 전문가에 의한 본격적인 연구물이나 임상 효과에 대한 검증은 미진하다. 무엇보다도 정확한 개념의 분류와 분명한 정의는 물론 여러 결과를 종합하여 표준화된 진단 텍스트 및 개인차를 최대한 고려하여 최적화된 적용 요법 이론이 절실히 필요한 실정이다.

그 중 독서클리닉과 독서테라피는 가장 먼저 구분되어야 할 개념이다. 독서테라피가 책을 도구로 활용하여 일상에서의 문제를 해결하고 변화와 성장으로 나아가는 과정을 말한다면, 독서테라피는 무엇보다도 독서가 선행되어야 가능한 일이다. 그러나 많은 경우 읽기 수행에 문제가 있어 독서 자체가 제대로 이루어지지 못하고 있다. 이 경우 먼저 이러한 문제를 해결한 후에야 독서테라피에 접근할 수 있는데 이때 필요한 것이 독서클리닉이다. 독서테라피가 독서로써 치료하는 과정이라면, 독서클리닉은 독서 능력을 치료하는 과정이라 생각하면 무리가 없을 것이다.

연령이나 학년 수준으로 볼 때 독서 능력이 너무 뒤떨어져 있거나 문제를 가지고 있는 어린이에게는 먼저 그 원인을 파악하여 제거하고, 독서 능력을 회복시키기 위한 특수한 지도가 있어야 한다.

정상적인 지능을 가진 어린이가 해당 학년의 읽기 수준에 못 미치는 경우 시력이나 청력 등의 신체적 원인에서부터 단어의 이해력이나 기억력의 부족으로 방금 읽은 것을 기억하지 못하거나, 언어표현력의 부족으로 요약이 안 되는 등의 인지적 원인을 들 수 있다. 또한, 자신감이 부족하고 학습 습관이 적절하지 못하거나 인내심 부족, 주의 산만과 함께 적대감으로 인한 스트레스 등 정서적 요인도 읽기 능력 부진의 원인이 될 수 있다. 그리고 교육적 요인으로 개인차에 대한 고려가 충분치 못할 경우, 준비되지 않은 상태에서 시작했을 때의 피상적이고 의미없는 독서도 읽기 부진을 초래한다.

신체적, 인지적, 정서적 각 원인에 맞는 방법과 아울러 너무 어렵지 않은 텍스트를 선정하여 지도자가 먼저 충분히 내면화한 후 실제 활동과 연계하는 등의 교육적 과정이 모두 독서클리닉에 포함된다.

진정한 치료는 손상된 것을 고치는 것만이 아니라 우리 안에 있는 최선의 가능성을 이끌어 내는 것이라고 긍정 심리학에서 밝히고 있다. 단순히 책을 읽는 즐거움만으로도 독서는 행복감, 성취감과 함께 크고 작은 삶의 문제로 고뇌하고 갈등하는 독자에게 새로운 힘을 제공한다. 이런 점에서 독서는 이미 문학이 갖는 심미적 기능을 넘어서 치료적 기능을 담당한다고 보아야 할 것이다. 또한, 대부분의 독서지도에서 이루어지는 읽기와 말하기 및 쓰기는 일정 부분 치료적 과정을 포함하고 있다. 즉, 독서테라피는 독서가 가진 영향력을 확장하여 감성적이고 정서적인 반응으로 상처받은 마음을 치유하고 성장해나가는 활동이다. 치유의 주체는 전문가가 아니라 독서치료 참가자로서의 독자 자신이다. '당신의 주치의는 바로 당신'이라는 말은 치료의 효과가 참가자의 동기와 의지에 많이 의존됨을 뜻하고 있다.

읽기를 통해서 자기 자신에 대해 깊이 이해하고 자신이 처한 상황과 문제를 올바르게 인식할 수 있도록 사고의 폭을 넓혀줌으로써 적응력을 키워주고 안정적인 인간관계와 사회성을 촉진하는 것이다. 이러한 과정을 포함하는 독서테라피는 교육학, 상담심리학, 정신의학, 문헌정보학 등 다양한 분야에서 접근과 적용이 가능하다. 원리와 방법에 대한 약간의 이해만 있다면 누구나 이를 활용할 수도 있다.

책을 읽지 않거나 글을 쓰지 않고도 먹고 사는 데는 지장이 없을지 모른다. 그러나 독서나 글쓰기가 행복한 삶을 누리는 데 기여하는 만족도는 누려본 사람이면 결코 부정할 수 없을 것이다. 책을 읽지 않아도 시간은 아이들을 자라게 하겠지만 독서는 분명 성장과 발달에 커다란 영향을 준다는 사실 또한 마찬가지다. 그런데 많은 사람이 독서 능력을 갖추지 못하고 있다. 교육을 통해 길러진 독서 능력도 점점 저하되는 경향을 보인다. 사회 문화적 환경이 독서와 멀어져 가고 있기 때문이다. 디지털 영상문화는 개인의 독서 기회를 빼앗고 있다. 전문적인 훈련과 치료 과정을 거치지 않으면 제대로 독서를 하기 어려운 지경에 이르고 말 것이다. 그리고 인간의 정신 성장과 정서 함양에 기여했던 독서의 기능은 기대할 수 없게 될 것이다. 이렇게 볼 때, 현대사회에서 독서클리닉을 포함하는 독서테라피가 가지는 의의는 매우 중요하다고 하겠다.

더 많은 독자의 자유롭고 행복한 치유 경험을 기대한다.

　　　　　　　　　　　　　　　　　　　　　　　　　-윤은현

책으로 놀자

책읽기를 싫어하는 아이에게 무작정 독서를 강요해선
안 된다. 우선 책과 친해질 수 있는 환경을
만들어 책과 함께 놀아주자.

유난히 책읽기를 싫어하는 아이들이 있다. 변덕스럽고 집중력
이 약한 아이에게 책읽기는 고역이다. 마지못해 참아내야 할 벌
서기 쯤으로 여긴다. 아무리 어르고 달래 봐도 좀처럼 진득하니
책을 펴고 앉아 있지 못한다. 그럴 때마다 안타까운 생각이 든다.
이 세상에는 재미있는 책이 얼마나 많은가? 몇 장만 꾹 참고 읽
어 보면 금세 빠져들 모험담이 가득한데 어째서 무턱대고 싫다고
만 하는가? TV나 컴퓨터 게임에 정신을 파는 아이를 억지로 붙
들어 앉히고는 책읽기의 중요성과 재미를 가르쳐 주고 싶어진다.
책 속에 얼마나 넓은 세상이 들어 있는지, 그리고 그곳에서 얼마
나 흥미진진한 사건이 벌어지고 있는지. 아이들이 책을 싫어하는
이유 중 하나는 책읽기가 지겨운 공부라고 생각하기 때문이다.

조기교육의 열풍 속에 유아기 때부터 접해 온 학습으로 말미암아 책은 곧 학습을 위한 것이라는 등식이 성립되어 버린 것이다. 그렇다면 책읽기를 싫어하는 아이가 책에 흥미를 보이게 하려면 어떻게 하면 좋을까?

가장 간단한 방법은 책읽기를 학습이 아닌 놀이로 바꾸는 것이다. 말 그대로다. 책을 장난감처럼 사용해 놀면 된다. 대체 책을 가지고 어떤 놀이를 하느냐고 궁금해 하겠지만 할 수 있는 놀이는 많다. 우선 탑을 쌓거나 집을 지을 수가 있다. 특히 전집으로 된 양장본 책은 이런 놀이에 안성맞춤이다. 블록 쌓기를 할 수도 있고 바닥에 죽 늘어 세워 도미노를 만들 수도 있다. 그러다 싫증이 나면 책 속 단어 알아 맞히기 게임을 해봐도 좋다. 아무도 설명할 수 없는 어려운 낱말을 찾아내는 경연을 열어도 좋을 것이다. 이런 야단법석이 무슨 의미가 있을까에 대해 의문이 생기겠지만 잊지 말자. 책을 싫어하는 아이에게 설교조로 독서의 즐거움을 강조하는 것보다 중요한 것은 우선 책과 친해지는 일이다. 그러려면 무엇보다 책을 자주 접해야 한다. 책을 읽고 싶은 독서 환경을 만들어 주는 것이 중요하다. 장난감처럼 언제든 손만 뻗으면 잡힐 수 있는 거리에 책을 두는 것이 가장 좋다.

책에 대해 흥미를 유발하는 또 하나의 방법으로는 책 내용을 옛이야기식으로 들려주는 일이다. 아이는 이야기를 좋아한다. 책을 읽어줄 때 지루해하던 일부 아이도 좋아하는 옛이야기를 들을 때면 눈을 반짝이며 집중한다. 특히, 이야기 속에 듣는 아이의 존재를 등장시키면 한층 더 흥미를 보인다. 자신이 이야기 속 인물이 되었다는 사실에 친근감을 느끼는 것이다. 하지만, 단순히 재미있는 이야기를 들려주는 데서 그치면 아이의 관심을 책으로 유도해 낼 수가 없다. 여러 가지 기술이 필요하다. 이야기 일부분을 잊은 것처럼 책을 찾아보게 한다든가, 뒷이야기가 궁금해지는 대목에서 절묘하게 이야기를 끊는다든가 하는 식의 기술 말이다. 요컨대 『천일야화』의 셰에라자드가 되어야 한다. 궁금증에 못 이겨 직접 책을 펼쳐볼 수 있도록 이야기를 엮어내자. 독서로 말미암아 열리는 더 넓은 세상에 대해 호기심을 보이도록 끊임없이 아이의 관심을 환기시켜야 한다.

솜씨 있게 내용을 전달하는 이야기꾼 역할이 어렵다면 아이를 책 속으로 끌어들여 놀아보는 것도 좋다. 책 속 이야기를 간단한 극으로 재현해보는 것이다. 커다란 종이에 배경이 되는 무대를 그려놓고 등장하는 인물을 하나씩 담당한다. 이른바 역할 놀이를 하는 것이다. 이때 책 내용의 줄기를 충실히 따라가도 좋고 전혀 다른 새로운 이야기를 만들어 내도 상관없다. 아이에게 책이 이렇게 재미있는 장난감이란 사실만 알게 해 준다면 그것으로 성공이다. 역할 놀이를 할 때 주의할 점은 상대가 어리다고 해서 건성으로 해서는 안 된다는 것이다. 진심과 열의가 담기지 않은 봐주기식의 놀이는 아이를 맥빠지게 한다. 가르치려 하지 말고 같이 놀자. 되도록 책 속의 악역을 자청해서 맡는 것이 좋다. 주인공을 억압하는 책 속 악한처럼 아이를 마구 괴롭혀 주자. 그러면 아이는 대항할 방법을 찾게 되고 주인공의 행동을 기반으로 해결책에 골몰한다. 운이 좋다면 책 속 주인공과 마찬가지로 삶에서 중요한 가치를 배울 수도 있다.

책읽기를 싫어하는 아이에게 무턱대고 야단치는 것만큼 어리석은 일은 없다. 어떻게든 책을 읽게 해야겠다는 마음에 매일 분량을 정해놓고 읽게 하고 그 내용에 대해 질문을 던지지만 그런 노력은 도리어 아이가 책에서 멀어지는 결과를 가져올 수도 있다. 책을 읽는 것이 억지로 수행해야 하는 의무가 되어버리면 독서는 즐거움이 아닌 벌서기로 전락한다. 우리 모두 경험해 보지 않았던가! 아무리 흥미로운 모험이라 하더라도 자발적이어야 의미가 있다. 그것이 강제로 지시받은 거라면 불평이 튀어나오고 행동은 느려진다. 매사에 건성으로 넘어가게 되고 모험의 즐거움은 반감된다. 책읽기도 마찬가지다. 독서를 하기 싫은 의무로 만들지 말자. 재미있는 놀이로 만들자. 그러면 아이들은 일방적인 강요가 아닌 자신의 의지로 그 속에서 즐거움을 찾아내는 법을 배우게 될 것이다.

-최영희

책 속에서 '나'를 찾다

텍스트는 내담자의 개인적 노출에 대한 부담을 줄이고
표현과 통찰을 도와 문제를 해결하는 데 큰 도움을 준다.

고등학생들과 자기 성장 집단 프로그램을 한다. 상위권 집단 구성원은 비교적 첫 회기부터 장래 희망이 분명하고 그 중 몇은 세부적인 계획과 현재의 모습을 연결하는 모습이 믿음직스럽다. 건축가가 되어 어떤 공간을 설계하고 싶다거나, UN 어느 부서에서 활동한다든가, 천문대에서 하늘을 바라보고 싶다는 꿈을 이야기하는 모습이 아름답다.

나누고 비교하는 사실이 교육적으로 미안한 일이긴 하지만, 이른바 중하위권 집단의 참가자는 장래희망을 이야기하는 데 시간이 오래 걸린다. 그나마 이름도 익숙하지 않은 네일 아티스트, 애견 미용사, 혹은 연예인 코디네이터가 많이 나와서 다행스럽다는 생각이 든다.

어떤 꿈을 갖든지 기성세대의 가치관이나 기준에 비춰 이상하게 바라볼 이유는 없다. 그러나 어디서 어떤 일을 하든 스스로 원하고 만족한다면, 그리고 그 일을 하는 자신이 자랑스럽고 오래 계속하고 싶은 일이라면 충분히 행복할 것이라고 말해주기엔 분명 무언가 부족하다.

무엇보다 자신감이나 현실성이 없어 보이는 것도 문제이다. 초·중학교를 지나온 고등학생으로서 유치원생처럼 대통령이나 과학자가 꿈이 아닌 것은 그나마 다행한 일일지 모르겠으나 아직도 의사나 변호사를 꿈꾸는 것도 막연하기는 하다. 지금 성적이 하위권이라고 큰 꿈을 가져서 비난받을 이유는 없지만, 현실과의 연관성이 부족하여 그저 아득하고 실현 가능성이 없는 꿈으로만 보인다.

두 집단은 몇 달 전까지만 해도 같은 교실에서 함께 공부하던 친구였다. 다만 대부분 시험 성적으로 결정되는 내신 성적이라는 잣대로 나눠었을 뿐인데 선명한 구별은 분명 주목할 만한 사실이다.

주지하다시피 자기를 성장하게 하는 것은 무엇보다 스스로에 대해 정확하고 긍정적인 개념을 갖는 것에서 출발한다. 자아 정체감이란 곧 내가 누구인지 아는 것, 내가 잘하는 것이 무엇인지 내가 앞으로 할 수 있는 것, 하고 싶은 것을 아는 것을 말한다.

왁자지껄 독서이야기

이것을 알게 되면 세월과 함께 변화하는 스스로의 소망을 확인하고 그것을 이루어낼 현실적인 방법을 찾을 수도 있고, 자연스럽게 미래의 진로와 연결이 된다. 또한, 진로에 대해 진지하게 고민하고, 진로가 확실하게 결정되면 아이들은 큰 문제를 일으키지 않을 가능성이 크다. 그래서 전체 삶의 질을 결정할 수도 있는 자아 존중감 형성이 중요한 것이다.

한비야나 안철수의 책을 한 권쯤 읽은 참가자와 읽지 않은 참가자 집단은 확실히 차이가 있다. 똑같은 아이들이라도 프로그램 중에 몇 권의 책을 읽기 전과 읽은 후의 태도는 바로 그 아이가 맞을까 싶을 만큼 달라지기도 한다.

알을 낳아 기르겠다는 꿈을 찾아 닭장을 나오고 마당을 떠나서 기어이 자신의 꿈을 이루고 마는 암탉 '잎싹'의 이야기, 황선미의 『마당을 나온 암탉』과 그림책으로도 출간되어서 어린 아이부터 초등학교에서도 중학교에서도 각각 교과서로 읽히는 권정생의 『강아지 똥』도 비슷한 효과를 기대할 수 있는 작품이다.

이런 책은 전 세대를 망라하여 독자에게 그가 누릴 수 있을 만큼의 가치와 효과를 준다. 이 과정에서 함께 읽어볼 수 있는 시 자료로 윤동주의 〈자화상〉과 프로스트의 〈가지 않은 길〉도 활용할 수 있다. 우물 속의 자신을 들여다보며 미워하다가 가여워하다가 끝내는 그리워하게 되는 시적 화자가 되어 세상 모든 기억에서 지워버리고 싶은 최악의 내 모습부터 지금 여기까지의 여러 모습의 나를 찾아본다. 그리고 인정하고 수용해 볼 수 있다. 또 지금의 나는 어떤 길 위에 서 있고, 지나온 갈림길에서 선택하지 않은 길을 끝까지를 바라보는 화자의 입장이 되어보는 것도 소중한 경험이다.

자아성장 및 사회성 향상 집단상담 프로그램에서 글쓰기나 독서 등 문학적 요소를 활용하는 것은 이제 새롭지 않은 일이며 독서치료는 음악, 미술, 원예 치료와 함께 이제 익숙한 치료 프로그램의 하나이다.

책을 읽지 않아도 아이들은 자라고 누구에게나 변화와 발전이 진행될 수 있음을 부정하지는 않는다. 한 권의 책이 사람의 인생을 바꿔놓는 것은 물론 변함없이 지켜주리라는 것도 희망 사항일 뿐 시간이 지날수록 처음의 강렬한 감동은 잊혀지고 더구나 그것이 치료적 효과라면 그 약효도 차츰 사라질 것이다. 상처는 덧나기도 하고 다른 부분에서 재발도 하여 그때마다 새로운 처방과 약이 필요하듯 자아발견과 문제 해결 및 성장을 위해서는 새로운 책과 그 활용 방안을 끊임없이 모색해야 한다.

오늘도 책은 많은 사람에게 위안을 주고 있을 것이다. 책 속에서 오래전에 살았던 혹은 아스라이 먼 곳에 살고 있는 누군가가 어쩌면 나와 똑같은 생각을 하고, 비슷한 아픔을 갖고, 나의 고통에 위안이 된다는 사실은 반갑고도 경이롭다.

상담 및 심리치료 장면에서 이러한 텍스트는 내담자 혹은 참가자의 개인적 노출에 대한 부담을 줄이고 표현과 통찰을 도와 문제를 해결하는 데 큰 도움을 준다. 실정에 맞는 프로그램의 개발과 임상 효과에 관한 활발한 교류가 절실하다. 다양한 집단에서 활용할 수 있는 세부적이고 신뢰성 있는 자아성장 프로그램 개발은 현장의 독서지도 사례에서 놓치지 않고 기록되어야 할 숙제다.

-윤은현

쓰기가 싫어 읽기도 싫어하는 아이

아이와 함께 책을 읽고 많은 이야기를 나누는 것이
중요하다. 눈으로 읽은 것을 마음으로 충분히
느낄 수 있도록 해주어야 한다.

우리의 생활은 책과 밀접한 관계를 맺고 있다. 하는 일이 모두 다르다 해도 책을 접하지 않는 생활을 상상할 수 없다. 책 속에는 이 세상에 대한 온갖 정보가 들어있고 책을 읽음으로써 새로운 세상을 만날 수 있다. 책읽기가 이렇게 중요한 것을 알면서도 실제로 아이들이 책을 보는 시간은 아주 짧다. 방과 후 학원에서 대부분 시간을 보내고 집으로 돌아와서는 컴퓨터나 텔레비전을 보며 많은 시간을 보낸다. 책을 읽는 시간도 짧은데 읽기를 좋아하지 않는다면 학업 성적 등 생활에 문제가 발생하게 된다. 사람을 가장 크게 변화시키고 성장시키는 힘은 풍부한 독서에서 나온다. 책을 읽을 때는 책의 내용을 얼마나 이해하고 자기 것으로 받아들이고자 하는 마음가짐이 중요한데, 부모는 독서의 양에 더 집

왁자지껄 독서이야기

착한다. 독서를 통해 즐거움을 느껴야 할 아이는 어려서부터 독서량에 지쳐가고 있다. 그 결과 줄거리만 기억하는 독서를 하게 되어 생각하기를 싫어하고, 흥미 위주의 독서만 하려고 한다. "오직 따져보고 깊이 생각하기 위해 독서하라."라고 한 베이컨의 말을 되새겨볼 일이다.

아이가 책을 좋아하도록 도와주는 길은 크게 두 가지로 나누어 생각할 수 있다. 독서 환경을 만들어 주는 것과 독서지도를 하는 것이다. 독서 환경을 만들어주는 잘 알려진 방법으로 먼저 거실을 서재로 만들어 아이들의 시선을 텔레비전에서 책으로 옮겨오게 한다. 아이들 공간에 항상 책을 가까이 두어 장난감처럼 가지고 놀 수 있게 한다. 즉, 책과 거리감을 줄여주는 것이다. 여행을 가거나 나들이 갈 때도 책을 가지고 다니는 습관을 만들어 준다. 독서 환경을 만들어주는 또 다른 방법은 정기적으로 서점이나 도서관 나들이를 함께 가는 것이다. 서점이나 도서관에서 책을 고르는 동안 수많은 책을 훑어볼 수 있는 좋은 점이 있다. 훑어보기는 정보화시대에 꼭 필요한 독서법이다. 책을 스스로 고를 수 있는 능력을 길러주기 때문이다. 그리고 함께 책을 고르면서 아이들과 대화를 나누는 것도 좋은 방법이다. 마지막으로 독서 환경을 만들어주는 가장 중요한 방법은 함께 읽는 것이다. 부모가 먼저 책 읽는 모습을 보여주어야 한다. 아이의 삶에서 부모는 가장 중요한 모델이 되기 때문이다.

아이가 책을 좋아하게 도와주는 또 다른 길은 독서지도를 하는 것이다. 독서지도라고 해서 거창한 것이 아니라 책 읽는 즐거움을 느낄 수 있게 도와주는 것이다. 책을 읽을 때 내용을 새기면서 읽을 수 있도록 해야 한다. 읽을 줄 안다는 것과 의미를 안다는 것은 다르다. 질문을 잘하는 아이는 책을 읽다 모르는 단어나 이해하기 어려운 내용이 있으면 질문을 해서 의미를 알아 가면서 책을 읽지만, 대부분의 아이는 그냥 넘어갈 것이다. 특히, 부모에게 질문했다가 '그것도 모르니?'라고 핀잔을 들었던 아이나 질문에 제대로 대답해 주지 않는 부모를 가진 아이는 읽기에만 급급한 독서로 끝날 것이다. 아이의 질문에 성실하게 대답해 주고 질문을 하지 않는 아이에게는 자연스러운 질문으로 이해하면서 책을 읽는지 확인하는 것이 필요하다.

책을 읽기 싫어하는 아이에게는 읽어주는 것이 필요하다. 초등학생이 되면 다 컸다고 읽어주는 것에 인색해지고 아이가 혼자서 책을 읽어야 하는 것을 당연하게 생각한다. 읽기가 어려워지면 책 읽는 즐거움은 사라진다. 먼저 책을 읽어주고 책의 내용에 대해 아이의 생각을 이야기하도록 하고 부모의 생각을 이야기하면서 충분히 대화한다. 다음 단계로 아이와 부모가 번갈아가면서 책읽기를 한다. 처음에는 한 줄 읽기, 읽고 싶은 만큼 읽기, 한 쪽 읽기 등으로 단계를 높여나간다. 이때 아이의 상태를 잘 파악해서 조절하는 것이 중요하다. 읽은 후에는 잘 읽은 것에 대한 칭찬과 격려가 필요하다. 책의 두께를 늘려가려고 할 때는 단편집을 이용하는 것도 좋은 방법이다. 아이는 '끝까지 읽어야 한다' 라는 부담을 가질 수도 있는데 단편에서 얻을 수 있는 '다 읽었다' 는 만족감과 단편이 모여 한 권의 책을 읽었다는 뿌듯함을 함께 느낄 수 있다. 읽기 싫어하는 아이에게 만화책을 읽게 하는 것도 한 방법이다. 흥미 위주의 만화는 문제가 되겠지만 어려운 과학이나 역사를 만화로 보면 쉽게 다가갈 수 있는 장점이 있다. 읽은 후에 이야기 나누는 시간을 꼭 가져야 한다.

독서 후 꼭 필요한 것이 글쓰기이다. 독후감을 쓰라고 하얀 종이를 던져준다면 글쓰기가 두려움의 대상이 되는 건 당연한 일일 것이다. 쓰기 싫어하는 아이는 어떻게 할 것인가? 그림책은 읽고 이야기를 나눈 후 마음에 드는 그림을 골라 그리게 한다. 그림 그리는 것을 힘들어 하면 복사를 해서 색칠을 하거나 비치는 종이를 대고 따라 그리게 한다. 그림이 완성되면 그 그림을 선택한 이유나 주인공에 대해 느낀 점을 이야기해보고 간단하게 적는다. 다른 책들도 읽고 느낀 점을 함께 이야기하고 이야기한 것을 부모가 기록해서, 그것을 다시 읽어보고 고쳐 써보게도 한다. 또 느낀 점을 평소에 사용하지 않던 단어를 사용해서 한 줄로 써보고 그 양을 차츰 늘려나간다. 중요하다고 생각되는 부분이나 마음에 드는 부분을 따라 적어보는 것도 좋다.

쓰기 싫어하거나 읽기 싫어하는 아이는 혼자 책을 읽게 내버려 두지 말고 부모와 이야기를 나누는 것이 중요하다. 눈으로 읽은 것은 마음에서 충분히 느낄 수 있도록 해주어야 한다. '왜?' 라는 질문을 해주고 내가 주인공이라면 어떻게 할 것인가 생각할 수 있게 해준다. 글을 쓸 때에는 보여주기 위한 글쓰기가 아니라 자신의 느낌을 솔직하게 표현할 수 있도록 격려해야 한다. 줄거리보다는 느낌 중심의 글쓰기가 되도록 부모와 함께하는 책읽기와 글쓰기가 무엇보다 중요하다. "엄마, 책 읽어주세요."라는 말을 대견스럽게 생각하고 책을 읽고 무언가를 긁적거리면 칭찬을 해주자. 평생 책을 읽으며 즐거워 할 아이를 상상하면서…

－변정숙

결핍과 상처, 가족의 이름

결단코 자신의 잘못이 아니거니와, 자신만이 그런 아픔을
가진 것도 아님을 확인하면서 먼저 나를 편안하게 하면
어떤 문제도 더는 나를 괴롭힐 수 없게 된다.

현실 속 가족은 날로 위기이고 해체 일로에 있다. 삶에서 큰 상
처를 주고받는 사람이 가까운 사람, 사랑하는 사람, 가족인 경우
가 많다. 심리학과 가족학 등은 이미 인간의 심리 문제 대부분이
가족관계에서 비롯됨을 밝히고 있다. 가정은 가장 가까운 사람과
깊은 사랑을 나누는 곳이지만 더 이상 멀어질 수도 없는 상태에
서 가장 치명적인 상처를 주고받는 곳이기도 하다. 남이 아니기
에 감정적으로 경계를 풀고 이를테면 살갗을 맞대고 있는 만큼
깊은 흔적을 남길 상처의 위험에도 노출되어 있는 것이다. 스치
고 지나가는 사람이라면 상처를 주고받을 일도 없을 테니까 말이
다.

특히, 많은 아이가 어머니에 대한 상처를 가지고 있다는 점은

놀라운 사실이다. 황선미의 〈목걸이 열쇠〉는 막 가슴이 솟아나는 사춘기의 여자아이가 자기에게 전혀 관심이 없는 맞벌이 어머니를 미워하는 이야기다. 아이의 어머니는 그 또래의 여자아이에게 꼭 필요한 속옷도 사주지 않고, 생일을 챙겨주지 않는 것을 당연한 일로 여긴다. 집에서 반가이 맞아주는 법도 없어서 목에는 언제나 목걸이처럼 열쇠를 걸고 다니게 한다. 마침내 아이는 어른이 되어서는 엄마에게 복수하고 말겠다는 결심을 비밀 수첩에 기록하고 다짐한다. 이 이야기를 읽으며, 많은 아이가 엄마에 대한 크고 작은 증오를 품고 있다는 사실에 깜짝 놀란다. 대부분의 아이가 실행에 옮기지는 못하지만 가출 충동에 동의하고 있으며, 그 중 몇은 실패한 가출 경험담까지 얘기한다. 주인공과 자신을 동일시하여 카타르시스를 경험하는 것이 독서치료의 중요한 과정임은 이미 밝힌 바 있다.

평범한 성장 집단은 물론 약을 복용하는 성인 우울증 환자에게서도 낯설지 않게 들을 수 있는 말로 부모의 불화, 자신에 대한 무관심, 어머니와의 관계에서 사과 및 용서와 화해라는 단어들이 있다. 이때 한승원의 수필 〈한겨울에 싱건지국만 마시던 어머니〉를 읽고 조금이나마 마음을 데운다. 어머니를 이해할 수 있는 처지에 잠시라도 서보게 하는 '진주 남강 맑다 해도 오명가명 신새벽이나 밤빛에나 보는 것을' 박재삼의 〈추억에서〉를 비롯한 비슷한 주제의 시편을 함께 읽으면 조금씩 마음이 열리기 시작한다.

'열무 삼십 단을 이고 시장에 가신 엄마'의 발자국 소리를 기다리는 기형도의 〈엄마 걱정〉도 누구에게나 한 번쯤은 있었을 '찬밥처럼 방에 담겨 천천히 숙제를 하던 유년의 기억'을 떠올리게 한다. 그때 그렇게 간절하게 온 마음을 다 모아 기다리던 엄마의 기억 속에 아무런 방어없이 자신을 맡겨보는 것도 좋은 경험이 된다. 오래 전 자신도 어쩔 수 없었던 그 어머니를 이해하고, 그때 영문도 모르고 상처받은 가엾고 어린 나를 따뜻하게 쓰다듬고 스스로 위로해 주는 것이다. 비슷한 비중의 대척점에 있는 상처, 실직하거나 가난한 가장 아버지와 함께하는 가족의 이야기를 담은 나희덕의 시 〈못 위의 잠〉이나 박목월의 〈가정에서〉도 활용할 수 있다.

할머니랑 나랑 둘이 삽니다

할머니랑 나랑 둘이 밥먹습니다
할머니랑 나랑 둘이 잠을 잡니다
소쩍새가 우는 밤
잠자다 깨어
잠자는 할머니 얼굴 보면 눈물납니다
이불 끌어다 할머니 덮어주고
소쩍새 소리 따라가며
잠이 듭니다

아이고 내 새끼

불쌍한 내 새끼

가슴에 품으며

잠 못 든 할머니도 혼자 웁니다

깊은 산 소쩍새도 같이 웁니다

김용택, 〈할머니랑 둘이서〉 전문

가족 해체와 조손 가정의 상처를 다룰 수 있는 시편이다. 그러나 준비되지 않은 상태에서 도와주고 싶다는 마음만으로 성급하게 다가가다간 참가자의 마음을 차갑게 닫게 할 수도 있다. 또는, 헤집어 놓은 채 수습을 못 해 상처를 덧나게 할 수도 있다. 무엇보다 따뜻한 신뢰감을 바탕으로 넉넉한 시간을 확보해 두고 천천히 조금씩 다가가야만 비로소 조심스럽게 마음을 열고 내미는 손을 잡을 수 있을 것이다.

결코 자신의 잘못이 아니고 자신만이 그런 아픔을 가진 것도 아님을 확인하면서 어른들의 세계에 대한 이해 후에 비로소 상처의 흔적 위로 돋는 새살을 기대할 수 있다. 상처의 흔적을 들추어내는 것은 어느 정도의 극복과 자신감 없이는 도저히 불가능한 일이므로 다른 사람의 감정에 기대어 비교적 안전하게 들여다보

는 것이다. 이렇게 자신의 아픔을 객관화시켜 바라보는 경험이
쌓여 화해와 성장의 계기가 마련된다. 감추거나 억압하지 않는
눈물이 치료될 가능성이 더 크고, 성장이 먼저 나를 편안하게 하
면 어떤 문제도 더는 나를 괴롭힐 수 없게 된다. 독서가 주는 위
안에 마음을 맡기는 이들이 많아졌으면 한다.

-윤은현

편식 없는 독서 밥상

책은 정신을 살찌우는 음식이다. 건강하고 균형 잡힌
독서 식단을 경험한 아이는 훨씬 넓은
세상을 품에 안게 될 것이다.

예전에는 책이 귀했다. 그래서 책에 낙서를 하거나 책을 훼손
시키면 부모님과 선생님한테 야단을 맞았다. 지금 아이들은 책이
귀하지도 않을뿐더러 읽어야 할 책이 너무 많아 고민이다. 마음
만 먹으면 얼마든지 원하는 책을 읽을 수 있다. 어떤 이는 한 권
의 책을 천천히 곱씹으며 읽어라 하고, 또 누구는 속독을 배워 많
은 책을 빨리 읽어야 한다고 주장한다. 어떤 아이는 무조건 책을
빨리 읽기만 한다. 그러다가 가끔 앞장을 훑어본다. 이런 아이는
앞의 내용과 뒷부분의 이야기가 잘 연결되지 않아서 그런 행동을
하는 것 같다. 어떤 책의 경우는 그 내용을 이해하려면 질긴 풀
을 소화하는 소처럼 되새김질하듯이 읽을 필요가 있다. 어떤 책
을 골라 어떻게 읽고 읽힐 것인가? 부모나 아이의 공통된 고민이

자 과제다. 어린 시절부터 여러 분야의 책을 골고루 읽히는 것이 최선이라는 막연한 방안 이상의 제안을 하기가 어렵다.

책읽기는 아이의 성장 과정에 필요한 필수 영양소와 같다. 성장발달 단계에 맞는 책읽기는 아이의 정신적인 성장을 도와주는 밑거름이다. 아이가 태어나 엄마젖을 먹는 수유기를 지나면 단계에 따라 이유식을 한다. 이유식을 골고루 먹은 아이는 신체도 건강할 뿐만 아니라 어른이 되어도 음식에 대한 편식 습관이 거의 없다고 한다. 처음 맛본 음식은 미각의 기억으로 남아 거부감이 없기 때문이다. 마찬가지로 성장기에 여러 분야의 책을 골고루 맛본 아이는 정신과 정서를 건강하게 가꾸어 나갈 것이다. 편식의 습관을 고치려면 얼마나 큰 힘이 드는지 부모들은 잘 안다. 얼마간의 독서력이 쌓일 때까지 다양한 분야의 책을 체계적으로 읽힐 필요가 있다.

아이가 처음 만나는 책은 달콤한 초콜릿이어야 한다. 책을 처음부터 좋아하는 아이는 그리 많지 않다. 아이의 마음은 무시한 채 부모가 선택한 책을 읽으라고 강요하다가는 대부분 실패한다. 아이의 취향과 흥미를 고려하여 책을 신중하게 골라야 한다. 아이를 잘 관찰하면 평소에 흥미를 보이는 분야가 있다. 저학년 남자 아이는 공룡이나 자동차처럼 움직이는 것을 좋아하고, 여자 아이는 공주 이야기나 동화에 흥미를 보인다. 이때 주의해야 할 사항은 글보다는 그림이 많은 책을 우선 접하도록 하는 일이다. 그래도 책을 밀어낸다면, 부모가 읽어주는 쪽으로 방법을 강구하면 된다. 맛있는 간식을 제공하듯이 아이의 흥미를 자극하는 책을 원할 때까지 읽어줘 보라. 아이가 처음 만나는 책은 달콤한 초콜릿처럼 맛있어야 한다. 책장을 넘기면 저절로 이야기에 빨려들어갈 정도로 아이가 흥미를 보이는 책은 대부분 풍부한 상상의 세계를 담고 있다. 아이들의 상상력은 무한하다. 현실과 공상의 세계가 잘 구분되지 않는 유아기나 저학년은 특히 이런 종류의 책을 좋아한다.

초등학교 4학년 무렵이면 각자의 개성이나 취향이 뚜렷하게 드러난다. 남학생은 모험 이야기나 역사나 과학 쪽으로 흥미를 보이기 시작하고, 여학생은 판타지나 동정심을 유발하는 동화 등에 관심을 보이기 시작한다. 또한, 초등학교 4학년 때는 만화 세계로 빠지기도 한다. 책을 싫어하는 아이와 책벌레로 나누어지는 것도 이때다. 자아가 강하게 드러나고 빠르게 성장하는 만큼 책의 내용을 받아들이는 속도도 엄청나다. 스펀지처럼 빨아들인다. 이때 아이의 독서 습관을 잘 조절하면 정신이 훌쩍 성장하게 된다. 세계와 인간에 대한 다양한 이야기를 읽고 소화시키는 가운데 세상을 보는 눈도 넓고 깊어진다. 따스한 인간애가 흐르는 동화, 역사를 온 몸으로 껴안은 인물들의 생애는 아이들 의식의 지평을 넓혀 준다. 환경, 다문화, 예술, 역사 등 다양한 주제를 담은 책을 읽다가 보면 맛이 다 다르다는 것을 인식한다.

단백질이 풍부한 육류와 비타민과 무기질이 많은 야채와 과일을 골고루 먹어야 건강한 아이로 자란다. 야채와 과일은 우리 몸

왁자지껄 독서이야기

에 필수 영양소를 제공해 주고 그 맛도 다양하다. 과다한 단백질과 지방 섭취는 소아 비만으로 이어지기 쉬운 것처럼 책읽기도 마찬가지다. 그림책, 동화, 공상과학류, 판타지 등 아이마다 선호하는 장르가 다르다. 낯선 맛의 음식이 처음 입 안에 들어오면 인상을 찌푸린다. 음식이 지닌 참맛을 느끼려면 여러 번 먹어보고 그 맛을 천천히 음미해 보아야 한다. 마찬가지로 아이가 낯선 종류의 책에도 잘 적응하도록 하기 위해서는 꾸준한 노력이 필요하다. 편식하면 건강에 안 좋듯이 책도 그렇다. 아이가 좋아하는 분야의 책만 읽다 보면 정서나 관심이 한쪽으로 치우치게 된다. 책은 정신을 살찌우는 음식이다. 건강하고 균형 잡힌 독서 식단을 경험한 아이는 훨씬 넓은 세상을 품에 안게 될 것이다.

－최홍남

책 속에서 분노 다스리기

> 분노는 정상적이고 당연한 감정이다. 분노조차 느끼
> 지 못할 만큼 무기력해서도 안 되지만 그 감정이
> 행동으로 이어지면 문제는 달라진다.

  감정에는 잘못이 없다. 분노 역시 지극히 정상적이고 당연한 감정이다. 누가 봐도 화가 나야 할 상황에서 화가 나지 않는다면 오히려 비정상적이고 심각한 문제 상황이다. 분노조차 느끼지 못할 정도로 무기력해서는 안 되지만, 그 감정이 행동으로 이어지면 문제는 달라진다. 사랑이 모든 문제의 근원이라면, 분노를 어떻게 처리하느냐에 따라서는 삶의 질이 좌우된다. 박기범의 〈문제아〉와 김중미의 〈희망〉은 결핍, 분노, 폭력 등 비슷한 소재를 다루고 있는 단편이다.

  할머니의 약값을 뺏기지 않으려던 방어가, 일방적인 구타로 돌아온다. 주인공 하창호는 자신도 의식하지 못하는 사이 끔찍한 폭력의 중심에 서게 된다.

규석이는 다짜고짜 나를 때렸다. 처음에는 정신없이 얻어맞
았다. 애들은 구경하면서도 말리지는 못했다. 한참을 때리더
니 그 애가 잠깐 뜸을 들였다. 때리다가 욕을 하다가 그랬는
데, 욕을 하는 동안이 바로 뜸을 들이는 거다. 나는 옆자리에
있는 의자를 그대로 집어 들었다. 아무 생각도 안 났다. 의자
로 얼굴을 내리쳤다. 한 번 내리치고 또 내리쳤다. 애들이 말
리고 선생님이 뛰어 올라왔다.

나중에야 나는 정신을 차렸다. 솔직히 말해서 내가 봐도 그
건 너무 끔찍했다. 의자에는 쇠몽둥이로 된 다리가 길쭉길쭉
나 있는데, 보통 때 같으면 그걸로 사람을 때릴 거라는 건 상
상도 못했을 거다. 그런데 어쨌든 내가 그런 짓을 한 거다. 나
는 정신없이 얻어맞고 있었고, 그 애는 더 이상 그만 때리려
는 기색이 없었기 때문이다. 나는 너무 아팠고, 그리고 너무
억울했다. 나는 더 이상 맞고만 있을 수가 없었다. 맞아서는
안 된다고 생각했을 뿐이다.

박기범, 〈문제아〉 중에서

아버지의 폭력과 구타에 노출된 엄마를 눈물겹게 바라보는 석
이도 힘센 아이들에 의해 전혀 원치 않는 싸움을 하게 된다. 싸움
이 아니라 게임이라는 말에 마음속으로는 우리가 장난감이냐고

따지고 싶지만 말이 나오지 않는다.

    아이들은 더 재미있는 볼거리가 없다고 생각했는지 자기들끼리 속닥거리더니 걷은 돈을 서로 나눠 갖는다. 그리고 진영이와 석이 머리를 한 번씩 쥐어박고는 돌아섰다. 석이는 자존심이 몹시 상했다. 화를 참을 수 없었다. 석이는 주변을 두리번거렸다. 그리고 전봇대 옆에 버려진 나무 막대기를 봤다. 석이는 냉큼 나무 막대기를 주워들고 돌아서서 가는 찬식이를 불러 세웠다.

    "나쁜 새끼들, 거기 서!"

    찬식이가 놀라 뒤를 돌아본다.

    석이는 아이들한테 놀림을 당할 때도, 까닭 없이 쥐어박힐 때도, 따돌림을 받을 때도, 억울한 마음을 밀어 넣고 또 밀어 넣으며 참았다. 그런데 이제 더 참을 수가 없을 것 같다. 석이 앞에 문득 아버지의 성난 얼굴이 떠오른다. 석이는 아버지가 때릴 때도 언제나 참기만 했다. 석이 대신 누군가가 아버지를 때려 주길 바란 적이 많다. 그런데 지금 석이는 아버지가 된 것 같다. 가슴 속에서 뜨거운 물이 부글부글 끓어오르는 느낌이다.

    석이는 소리를 지르며 다시 나무 막대기를 치켜들었다. 그리고 찬식이 패거리들을 향해 막대기를 휘두르기 시작했다. 잠시 후, 석이의 막대기에 뭔가 부딪치는 느낌이 들었다. 그리고 갑자기 정신이 아득해졌다.

김중미, 〈희망〉 중에서

일상의 분노를 '밀어 넣고 또 밀어 넣으며 참았던' 것도 문제이다. 억압된 분노는 언젠가는 압력을 견디지 못하고 걷잡을 수 없이 터뜨려진다. 세상을 떠들썩하게 했던 총기 난사 사건도 억압된 분노의 폭발이라고 볼 수 있다. 폭력적인 부분만을 발췌하긴 했지만, 얼핏 보기에 이런 동화를 아이들에게 읽혀도 좋은가 하는 생각도 들 것이다. "어린이가 세상의 아픔과 그늘을 모르고 자라야 하는 것이 아니라 어린이들도 알 것은 알아야 하고 느낄 것은 느껴야 한다."라는 박기범이나 "가난하지만 서로 돕고 사는 우리들 이야기를 하고 싶었다."라는 김중미의 말이 아니어도 이 작품은 영향력 있는 여러 기관의 좋은 책으로 선정되고 또 권장되고 있다.

함께 읽고 함께 이야기 나누고 마무리할 자신이 없어서 많은 교사나 부모는 망설여진다고 고백한다. 그러나 피해가고 싶다고 해서 폭력에 노출된 아이들이 없어지는 것은 아니다. 한참 몰입되어 게임을 하고 있을 때 컴퓨터를 끄는 엄마에게도 엄청난 분노를 느낀다는 아이들, 컴퓨터를 끄고 난 한참 후에도 눈동자의 초점이 흐려 있는 아이들은 폭력 게임 속에서 현실로 돌아오기가 쉬운 일이 아님을 보여주는 예라고 할 수 있다. 이렇게 끔찍한 폭력이 아니라도 아이들은 크고 작은 일상의 분노와 맞닥뜨리게 되어 있고, 그것을 조절하고 표출하는 준비는 거의 전무한 상태다. 독서치료의 목표를 눈에 보이는 질병의 완치 혹은 만병통치에만 둔다면 이 작품들이 주는 간접경험과 카타르시스, 혹은 예방의 효과를 제대로 누리기 어렵다. 독자는 의식하지 않은 상황에서도 최소한의 치료적 효과는 이미 누리고 있다.

많은 아이가 "나라도 이런 상황이라면 참을 수 없을 거예요."라고 말해올 텐데 어떻게 대답할 것인가? 그것은 아이들과 함께 철저히 따지고 파고들어야 한다. 진정 폭력으로 해결되는 문제가 있는지, 그 결과 창호의 할머니와 석이의 어머니는 얼마나 더 비굴하고 비참해졌는지, 분노가 행동으로 이어진 뒤에는 짊어져야 할 엄청난 책임이 뒤따른다는 사실을 분명히 각인시켜 주어야 한다. 그리고 나를 이해해주는 봉수 형이나, 내 마음을 다 알아주고 기댈 수 있는 외할아버지 같은 멘토를 찾아 다가가도록 이끌어 주어야 한다.

정신분석 치료가 역점을 두는 대목도 바로 분노를 다루는 법이라고 한다. 분노가 자신의 감정 일부임을 정직하게 인정하고, 그 원인을 피하지 않고 자신의 의식으로 통합시키는 것이다. 그리하여 자신의 분노를 빨리 알아차리고, 화가 났다는 사실을 겁먹지 않고 의연하게 또 적대감 없이 상대에게 표현하며, 빨리 그 감정을 넘어설 수 있게 하는 일은 아이들뿐만이 아니라 우리 모두가 해결해야 할 과제다. 감정과 행동이 함께 묶여져 나오는 것이 두려워 감정을 억제하는 것은 문제해결에 도움이 되지 못한다. 먼저 감정과 행동을 분리해 주어야 한다. 강조하지만 적절치 못한 표출 행동이 문제일 뿐 감정에는 죄가 없다. 누구든 한 사람이라도 충분히 알아주고 진정으로 이해해 준다면 조절될 수 있다.

-윤은현

당근을 맛있게 먹이는 방법

아이에게 책에 대한 흥미를 북돋우기 위해서 다양한
시도를 해보자. 색다른 포장과 신선한
접근 방법이 필요하다

당근과 책은 공통점이 있다. 건강에 좋고 유익하다고 누구나
알고 있지만 싫어하는 아이가 많다는 사실이다. 아이에게 싫어하
는 음식을 먹이는 작업은 숫제 전쟁이다. 아무리 설득해도 논리
가 통하지 않는다. 어떻게든 먹이고 싶어 장터 약장수처럼 효능
에 대해 떠들어 보지만 소용없다. 한번 싫다고 단정해버린 당근
앞에서 꼭 다물린 아이의 입은 요지부동이다. 그렇다면 이런 편
식 습관을 고칠 방법은 무엇일까? 아이가 꺼리는 당근을 어떻게
하면 맛있게 먹일 수 있을까?

아이가 당근을 싫어하는 이유는 어쩌면 맛있는 당근을 먹어보
지 못해서인지도 모른다. 특유의 맛이 싫어서가 아니라 싫어한다

는 사실을 독특한 취향이나 개성쯤으로 여기는 것일 수도 있다. "난 이걸 싫어해. 원래부터 싫어했어." 이런 아이의 거부 반응에는 논리가 통하지 않는다. 그렇다면 이에 대한 대처법은 무얼까? 아이들이 좋아할 만한 새로운 요리법을 개발할 필요가 있다. 아이의 식성에 맞는 참신한 요리를 찾아 함께 만들어 보자. 다시 말해 몸에 좋으니 무턱대고 먹으라고만 할 게 아니라 절로 손이 가게끔 아이에게 친숙한 요리를 만들자는 것이다. 당근의 변신은 다양하다. 당근 볶음밥, 당근 카레, 당근 과자, 당근 케이크……. 아이의 호기심을 유발하고 식욕을 자극할 수 있는 수십 종의 요리법이 있다. 책도 마찬가지다. 동화책을 주고 가만 내버려 두어도 잘 읽어내는 아이가 있는가 하면 혼자서는 절대로 책을 읽지 않으려는 아이도 있다. 그런 아이에게는 읽기 방법을 바꾸자. 흥미를 보일 만한 다양한 방법으로 책읽기를 시도해 보는 것이 좋겠다. 함께 책을 읽으면서 중간마다 이야기를 섞는 것도 좋고 동화 구연을 해주는 것도 하나의 방법이다. 아이가 책을 손에 들고 어쩌면 '이 책 재미있겠는데.' 하는 호기심을 갖고 펼치게 할 수만 있으면 일단 성공이다.

메뉴를 잘 선정했다 하더라도 요리가 평범하다면 아이의 편식 습관은 고쳐질 수 없다. 아이의 입맛에 맞는 색다른 모양의 요리를 만들 필요가 있다. 미각뿐 아니라 시각과 후각도 사로잡을 수 있는 요리를 만들자. 제일 좋은 방법은 아이를 요리에 동참시키는 것이다. 이것저것 아이가 좋아할 만한 색다른 재료를 잔뜩 넣고, 고소하고 달콤한 부재료를 직접 선택하게 해서 장식도 하게 하자. 너무 수선 피우는 것이 아니냐고 할지 모르지만 생각해 보라. 그냥 평범하게 담긴 당근 볶음밥과 토끼 모양에 김으로 장식을 한 오색 주먹밥 중 어느 쪽을 아이가 더 좋아할까? 중요한 것은 아이에게 당근을 먹이는 일이다. 편식이 심한 아이에게 당근에 대한 거부감을 없애고 앞으로도 지속적으로 먹게 하는 것이 목적이다. 그런 맥락에서 본다면 책읽기에서도 꼭 처음부터 끝까지 책장을 넘기며 읽는다는 전통적인 방식을 고집할 필요가 없다. 책이란 틀을 뛰어넘어 다양한 모습으로 변형시켜보자. 낱말 맞히기 퍼즐 책으로 바꾸어 게임을 하거나 책 속 등장인물로 배역을 정해 한 편의 역할극을 만들어 볼 수도 있다. 책읽기를 꺼리는 아이에게 처음부터 책에서 감동을 얻길 바라는 것은 무리다. 우선 소소한 것에서부터 출발하자. 책을 가깝게 느끼고 흥미를 보이는 것이 먼저다.

야심 차게 만든 요리이긴 하지만 기대와 달리 입맛에 맞지 않아 실망하는 예도 있다. 그런 때 어떻게 하면 좋을까? 가장 쉬운 방법은 실패한 요리를 쓰레기통에 던져버리고 잊어버리는 것이다. 하지만, 그렇게 해서는 발전이 없다. 맛이 없으면 없는 대로 천천히 음미하면서 여러 가지 감상을 유도하자. 좋은 점과 나쁜 점이 무엇인지, 왜 그렇게 생각하는지 이유를 말해보게 하자. 장

단점에 대해 스스로 말하는 사이에 당근에 대한 여러 가지 사실을 깨닫게 되고, '싫어한다' 라는 인식을 전환하는 계기가 될 수 있다. 책읽기에서도 책 내용을 소화하는 아이의 반응은 다양하다. 제각기 경험과 생각에 비추어 다른 의견을 내놓는다. 책 속 등장인물과 사건에 대해 아이만의 독특한 느낌을 이야기해 보도록 부추길 필요가 있다. 왜 그렇게 생각하는지 아이의 입장에서 토론하고 들어주자. 어떤 책을 원하는지 의견도 들어보자. 한글을 읽을 수 있는 아이라면 간단한 활동지를 만들어 이용하는 것도 하나의 방법이다.

채소를 싫어하는 아이에게 몸에 좋으니 무조건 먹으라고 윽박지르는 것은 문제해결이 될 수 없다. 도리어 반감을 불러일으켜 점점 더 꺼리는 악순환을 가져올 수가 있다. 해결을 위한 참여를 유도해 볼 필요가 있다. 아이와 함께 왜 싫은지, 좋아할 방법은 없는지 고민해 보자. 때로는 쉽게 해결점을 찾을 수 있을지도 모른다. 채소에 대해 잘 모른다는 점이 싫어하는 것으로 이어지는 경우도 종종 있으니 말이다. 당근에 대해 몰랐던 여러 가지 사실을 알고 새로운 조리법을 찾아낸다면 당근을 대하는 아이들의 생각이 달라질 수 있다. 아이에게 맛있게 먹이려면 발상의 전환이 필요하다. 자! 드디어 당근이 해결되었다. 그렇다면 다음에는 시금치를 맛있게 먹여보는 것은 어떨까?

-최영희

부모는 가장 좋은 독서지도사다

독서지도는 그래서 어렵고, 그런 어려운 일을 꾸준히
해낼 수 있는 최고의 적임자는 부모일 수밖에 없다

　부모는 아이가 많은 책을 읽기를 바란다. 책을 읽는 것은 가까이는 좋은 성적을 내는 것과 상관이 있고, 멀리 보면 아이의 인생을 풍요롭게 해주기 때문이다. 그러나 책을 읽는 것이 얼핏 보면 쉬운 듯하나 만만치 않다. 더구나 아이에게 책읽기를 가르치는 것은 더욱 어렵게 느껴진다. 부모가 특별한 노력을 기울이지 않아도 스스로 책을 찾고 읽는다면 무척 반가운 일이다. 그러나 책보다 더 강력한 힘으로 아이를 유혹하는 수많은 것에 둘러싸여 있다. 이런 현실에서 아이가 책을 선택하고 지속적으로 읽어나가기란 결코 쉽지 않다. 더구나 아직 책의 매력을 알지도 못하는 아이가, 단번에 책을 좋아하고 거기에 빠지는 것은 기대하기가 어렵다. 독서지도는 그래서 어렵고, 그런 어려운 일을 꾸준히 해낼 수 있는 최고의 적임자는 부모일 수밖에 없다.

책을 읽는 것이 특별한 일이 아닌 습관으로 굳어지게 하라. 그러면 독서지도는 다한 것이나 마찬가지이다. 책을 좋아하는 아이로 만들기 위해서는 어릴 때부터 부모가 정성을 기울여야 한다. 아이에게 책을 읽어주는 것은 부모가 아이에게 보여줄 수 있는 최고의 정성이다. 아이에게 책을 읽어 줄 때는 목소리나 속도에 주의하고, 책의 내용과 관련있는 풍부한 어휘를 사용해 보자. 그러면 책을 읽는 것이 가장 즐거운 일이 된다. 초등학생이 되었다고 이 일을 멈추어서는 안 된다. 아직 책을 올바르게 읽지 못하는 시기에 책 읽는 것이 습관이 되도록 하기 위해서는 더 많은 부모의 노력이 필요하다. 부모가 아이에게 책을 읽어 줄 때는 정성을 다해야 한다. 그것은 아이가 책을 좋아하고 정독을 하는 습관을 들이는 데 가장 좋은 방법이다. 언제까지 책을 읽어주어야 할까? 그것은 아이가 원할 때까지 읽어주면 된다.

책에 대한 흥미를 더하기 위해서는 작가나 작품에 얽힌 이야기를 들려주는 것이 좋다. 고학년이 될수록 단순히 글을 읽는 활동에서 벗어나 책을 읽는 것과 관련된 작가나 작품에 관한 이해의 폭을 넓혀 나가야 한다. 이것은 책에 대한 흥미와 깊이를 더하기 위함이다. 영국의 작가 포터가 쓴 『피터 래빗 이야기』는 예쁘고 친근한 그림과 이야기의 재미뿐만 아니라 동물의 세계와 생태에 대한 이해도 넓혀주어 많은 사랑을 받고 있는 작품이다. 이 그림책은 작가 포터가 병을 앓고 있던 가정교사의 아들을 위로하고 용기를 주기 위해 직접 글과 그림으로 쓴 편지글에서 비롯되었다. 작가는 정확한 그림을 그리기 위해 정원에서 직접 토끼와 양을 키우며 세세히 관찰하였기 때문에 생태학적으로 정확한 그림을 그릴 수 있었다고 한다. 작품 뒤에 감추어진 이러한 이야기를 찾아내는 수고를 아끼지 말아야 한다. 덕분에 아이는 훨씬 흥미롭고 생생하게 책을 맞이하는 기쁨을 누릴 것이다.

책을 읽고 즐길 공간을 만들자. 얼마 전 한 신문사에서 '거실을 서재로'라는 슬로건을 내걸고 각 가정의 거실을 작은 도서관으로 만들자는 캠페인을 벌였다. 거실을 책이 있는 공간으로 꾸미고 싶어 하는 사람이 사연을 적어 신청하면 당첨자에게 책꽂이를 선물로 주었다. 그 책꽂이로 거실을 가족 도서관으로 만들어 행복한 미소를 짓는 사람들을 보았다. 집에 여유 있는 공간이 있어 서가를 따로 꾸미면 좋겠지만, 그럴 여유가 없다고 포기할 필요는 없다. 아이에게 책을 가까이해야 한다고 강요하기 전에 크거나 작거나 책을 읽고 즐길 공간을 마련하는 것이 가장 먼저 해야 할 일이다. 집안 곳곳에 흩어져 있는 책을 한 곳에 모으고 책상을 배치하고 편안히 앉아서 책을 읽을 의자를 마련하면 된다. 도서관을 흉내내어 이름도 붙이고 가족끼리 기간을 정해 관리자도 정한다. 책을 장르별로 정리하고, 도서대출카드도 만들어 온 가족이 읽은 책을 기록해 본다면 일상의 소소한 재미가 더 할 것이다.

　아이를 키우는 엄마는 멀티플레이어가 되어야 한다. 쏟아지는 정보의 홍수 속에서 어느 것을 골라내 아이에게 주어야 할지 가려내어야 하고, 그것을 아이에게 어떻게 줄지도 고민해야 하기 때문이다. 자신이 선택한 방법이 옳은 것인지 늘 고민하고, 지금까지의 방법을 수정하는 수고를 게을리 해서는 안 된다. 그러나 독서지도는 그리 특별한 기술이 필요하지 않다. 부모가 좋은 길잡이가 되어 책읽기가 습관처럼 굳어지게 만드는 것 위에 무엇이 더 있겠는가? 전문가에게 특별한 방법을 물어도 오래전부터 해왔던 방법을 말한다. 실망스럽게도 그것은 결국 특별하고 새로운 방법이 없다는 말이다. 그래도 특별한 방법이 있다면 귀 기울여보라. 똑같은 재료의 음식 위에 뿌리는 양념만 달리해도 색다른 요리로 변신시킬 수 있을테니까.

-이현진

만화책만 읽는 아이 어떻게 할까

만화책은 재미있대요. 아이에게서 책 읽는 즐거움을
뺏으려하지 마세요. 이런 분야는 만화책도 오케이.

부모 교육을 하면서 많이 듣는 고민 중의 하나가 '만화책만 읽
는 아이'에 관한 걱정이다. 만화책을 사준 적도 없는데 친구한테
빌려 왔다며 읽더니, 이제는 줄글로 된 책을 전혀 읽으려 하지 않
는다며 어떻게 해야 할지를 물어 온다. 아이들이 만화책에 빠지
게 되는 환경적 요인에 가장 크게 이바지하는 것이 대형 마트나
대형 서점이다.

요즘은 마트에도 서점이 있다. 엄마가 장을 보는 동안 아이는
서점에서 책을 읽겠다고 한다. 부모가 장을 보고 올 때까지 꼼짝
않고 책 속에 빠져 있는 아이를 보며 부모는 흐뭇해하며 대형마
트의 이런 전략을 '배려'라는 말로 표현하기까지 한다. 아이의

왁자지껄 독서이야기

칭얼거림에서 자유로워져야 부모가 편안하게 쇼핑을 할 수 있고, 이것은 매출과도 직결됨을 감지한 영업 전략의 하나다. 아이가 읽고 있는 책이 만화책이라 마음에 들지는 않지만 '교과 연계도서', '00기관 추천도서'라는 마크에 슬쩍 눈감아 준다.

대형 서점도 마찬가지다. 어른의 눈에는 고전과 같은 양서나 우리 아이가 꼭 읽어야 할 필독서가 보이겠지만, 아이 눈높이에는 오직 화려한 판형의 만화책만 보인다. 아이를 키우면서 나도 비슷한 경험이 있다. 아이가 네 살 때였다. 음료수를 사러 편의점에 갔는데 터무니없이 비싸기만 한 장난감을 사달라고 조르는 바람에 아이를 울리기까지 했다. 그러면서 속으로는 '고 녀석 이런 걸 어디서 찾았지. 나는 보이지도 않구먼.'이라고 생각했지만 바로 이것이 편의점의 전략이다. 고객의 눈높이에서 고객이 가장 혹할 수 있는 물건을 진열하는 것, 이것을 서점에서도 활용한다.

나는 부모들께 당부한다. 적어도 초등학생까지는 아이가 읽는 책을 부모가 모두 읽어보라고. 특히 서점이라고 해서 안심하고 아이를 내던져 두지 말라고. 서점에는 양서보다 악서가 더 많다는 사실을 명심하라고. 그렇다면 이미 만화책에 빠져버린 아이는 어떻게 할까? 앞서 얘기했듯이 아이는 오직 '재미'를 위해서 책을 읽는다. 독서지도 관련 기관에서 책을 읽는 이유에 대해 설문 조사를 한 적이 있다. 설문에 응답한 아이의 90% 이상이 '재미'

때문에 읽는다고 했다. 그렇다면 만화책보다 줄글로 된 책에서 더욱 재미를 맛볼 수 있도록 해야 한다.

효과를 거둔 사례 하나를 소개하겠다. 정채봉 선생님이 쓰신 〈오세암〉이라는 동화가 있다. 이 동화의 묘미는 길손이라는 아이가 앞을 못 보는 누나의 눈이 되어 사물을 묘사해 주는 데 있다. 설악산의 아름다움을 누나에게 묘사하는 길손이의 표현이 마치 설악산을 눈 앞에 보고 있는 듯이 선명했다. 〈오세암〉의 이런 부분을 한껏 맛본 후, 같은 이야기의 만화책을 읽고, 같은 이야기의 애니메이션을 보고 비교해 보는 수업을 했다. 내가 생각한 것 이상으로 아이들이 만화에 대한 부족함을 많이 지적했다. 그 수업을 마무리하면서 만화책을 무조건 읽지 말라고 하지는 않았다. 과학이나 한자와 같이 지식에 관련된 책은 만화책으로 읽어도 된다고 했다. 어렵게 여겨지는 역사나 신화같은 분야도 만화책이 조금 쉽게 이해될 수도 있다고 말해 주었다. 하지만, 절대 읽어서는 안 되는 장르가 무엇일까를 아이들과 이야기해 보았다. 답은 '문학' 이다. 상상하고 느끼며 읽어야 할 문학은 그림으로 모든 것을 드러내버리는 만화책이 도저히 따라갈 수 없기 때문이다.

아이는 선생님이나 부모가 지시하는 것은 잘 듣지 않지만 스스로 만든 규칙은 잘 지킨다. 그 수업을 한 아이들은 순수문학만은 절대로 만화로 된 것을 읽지 않겠다고 약속했다. 줄글의 맛을 아는 아이는 만화책을 읽더라도 스스로 분별할 줄 안다. 우리는 기다려주기만 하면 된다. 하지만, 처음부터 만화책에 길든 아이는 부모님의 많은 노력이 필요할 것이다. 초등학생 자녀를 둔 부모는 아이가 읽는 책을 모두 읽어보기 바란다. 물론 만화책도 포함해서. 알고 말하면 사랑의 훈화가 되지만 모르면서 지적하면 잔소리일 뿐이다.

-조희주

제 6장

책에 빠진 사람들

퇴계 독서법은
현대인에게 어떤 교훈을 주는가

퇴계에 의하면 독서인은 위대하다. 우주의 선의지를 읽어
내고 우주론적인 과업에 동참하는 주역이기 때문이다.

붉은 안경을 끼면 사물이 붉게 보인다. 토마스 S. 쿤에 의하면 '붉은 안경'은 패러다임에 해당된다. 어느 시대에나 가치판단의 틀인 패러다임이 존재했고, 패러다임과 패러다임 간에는 상반된 경우가 적지 않았다. 허균의 경우가 그 좋은 예이다. 조선 중기에는 허균을 '괴물'이라 평가했고 오늘날에는 허균을 '선각자'라 평가한다. 조선 중기에는 중세 보편주의라는 패러다임이 지배했고 오늘날에는 개성주의라는 패러다임이 지배한다는 점을 감안할 때, 패러다임이 허균을 괴물로도 만들고 선각자로도 만든다고 할 수 있다. 이런 현상을 미루어 가면 패러다임이 대상의 본질까지도 다르게 인식하도록 만든다는 말이 가능하다.

패러다임은 장점과 단점을 모두 지닌다. 장점은 판단 기준을

왁자지껄 독서이야기

제공하는 데서 찾을 수 있다. 패러다임은 관점과 범주의 보편 원리이므로 이에 기대면 참으로 편리하다. 힘들이지 않고 문제를 풀고 해석할 수 있도록 도와주기 때문이다. 한편, 단점은 대상의 본질을 가려버리는 데서 찾을 수 있다. 패러다임은 특정 시대의 소산이므로, 특정 시대가 요구하는 부분만 긍정적으로 평가하게끔 추동한다. 시대가 바뀌면 긍정적인 부분이 부정적으로 평가되기도 한다는 점에서, 통시적인 측면에서는 준거가 유동적으로 느껴질 수밖에 없다. 패러다임이 장점과 단점을 모두 지니는 이상, 패러다임에 지나치게 의존하는 자세는 바람직하지 못하다. 패러다임이 왕성한 곳에 대상의 본질이 보이지 않을 수가 있기 때문이다.

　퇴계 독서법은 특정 패러다임을 허용하지 않는다. 특정 패러다임으로 가늠하기 어려울 정도로 크고 넓고 높기 때문이다. 정황이 이런데도 불구하고 특정 패러다임을 고집하기라도 한다면 전체의 교훈 가운데서 아주 적은 부분만 드러날 가능성이 높다. 마치 작은 문틈으로 태산준령을 볼 때 태산준령의 전모를 볼 수 없는 것과 같다. 패러다임을 고려하되 패러다임에 얽매이지 않아야 한다. 퇴계 독서법은 초시대적이고 초역사적인 생명력을 지니고 있기 때문이다. 문제는 독서법의 교훈을 어떤 방법으로 감지할 것인가 하는 점이다. 태산준령의 속성을 파악하고자 할 때 내포적 특징을 우선적으로 관찰하듯, 교훈을 파악하고자 할 때도 퇴계 독서법의 내포적 특징을 우선적으로 관찰해야 비로소 길이 열린다.

내포적 특징을 짚어보기 위해서는 독서법의 기조부터 따질 필요가 있다. 기조를 파악해야 내포적 특징이 드러나는 까닭이다. 퇴계독서법의 기조는 '이(理)의 발(發)'이다. '이의 발'에서 '발'은 작위성을 의미한다. 작위성이라고 해서 '이'가 꿈틀거리며 움직인다는 뜻은 아니다. '이'는 천지만물에 내재한 원리나 법칙을 가리키는 개념이므로, '이의 발'이란 천지만물을 해석하기 위한 동태적인 접근 방법이라고 할 수 있다. 천지만물을 해석하는 데 왜 '발'이라는 동태적인 접근 방법이 동원되는가? '천지만물은 각기 다르고 쉬임 없이 변화한다.'는 퇴계의 언급은 이 문제를 해명하는 데 유용하다. 천지만물이 각기 다르고 거기에다 변화까지 수반한다면 그 각 이성과 변화의 추동력은 '이'에서 비롯된다고 할 수밖에 없다. 추동력으로서의 '이'는 작위성 내지 운동성을 지니게 마련이므로, '이의 발'은 필연적이다. 결국, '이의 발'이란 변화하는 사물을 해석하기 위한 기본 틀이다.

'이의 발'이 사물을 해석하기 위한 기본 틀이라고 할 때, 이런 기본 틀이 독서법에 왜 필요한지가 관심사이다. 퇴계는 문집 곳곳에서 독서인에게 순선무악(純善無惡)한 세계로 나아가라고 촉구한다. 성현의 의취가 '사단' 혹은 '이'의 구현이라고 하면서, 독서인으로 하여금 '사단' 혹은 '이'를 구현함으로써 순선무악한 세계를 보존·확충하라고 하기 때문에 이렇게 볼 수 있다. 순선무악한 세계란 일상생활의 모습이 아니고 독서인의 이상적 목표

왁자지껄 독서이야기

라는 점에서, '있어야 할 것'의 당위 법칙이라 할 수 있다. 독서법에서 '있어야 할 것'의 당위 법칙인 순선무악한 세계를 어떻게 해석해 내느냐가 관건이다. 순선무악한 세계는 관념의 영역이어서 해석하기가 쉽지 않다. 퇴계는 해석의 수단으로 '이의 발'이라는 기본 틀을 주목한다.

'있어야 할 것'의 당위 법칙을 직접적으로 표명한다면, 일반 독서인의 눈높이를 넘어서고 만다. 이럴 경우, 일반 독서인의 소양과 '있어야 할 것'의 당위 법칙 사이에는 좁힐 수 없는 거리가 생긴다. 퇴계는 이를 깨닫고, '있어야 할 것'의 당위 법칙을 '이의 발'로써 풀어낸다. 당위 법칙에 있어서 '이의 발'이란 곧 우주의 조화 현상을 가리킨다. 〈천명도설〉에 의하면, 우주가 '원형이정(元亨利貞)'의 원리를 구현하며 끊임없이 생성·소멸한다. 원형이정의 대덕(大德)이 서로 인과 관계를 맺으면서 우주를 하나의 유기체로 묶어낸다는 점에서, 조화를 지향하는 유기체로서의 우주는 최고선으로서 '이의 발'이라 할 수 있다. '이의 발'로써 '있어야 할 것'의 당위 법칙을 해석해 냄으로써 눈높이를 독서인의 수준에 맞출 수 있었다고 생각된다.

퇴계 독서법의 기조는 '이의 발'이고, '이의 발'이라는 기조를 통해본 퇴계 독서법의 내포적 특징은 우주론적인 의미의 '있어야 할 것'이다. 우주론적인 의미의 '있어야 할 것'이 독서법의 내포적 특징이라고 해서 언제나 이런 내포적 특징의 전부가 거론되지는 않는다. 퇴계가 상대방의 성향이나 지식의 정도, 상황이나 여건에 따라 내포적 특징의 극히 작은 귀퉁이만을 거론하기도 하고, 내포적 특징의 절반 정도만을 거론하기도 하기 때문에, 거론의 정도가 일정하지 않다고 할 수 있다. 상대방이 누구든지 간에 거론의 정도가 어떠하든지 간에 퇴계가 소망하는 바는 불변이다. 독서인이 독서법의 지침에 따라 '있어야 할 것'을 철저히 이해하고 '있어야 할 것'의 과업에 기꺼이 동참하기를 바란다는 점이 그것이다.

우주론적인 의미의 '있어야 할 것'은 삶에 대한 긍정적 성찰을 요구한다. 퇴계 독서법에 의거하면 독서인은 누구나 우주 만물의 일원으로서 선의지(善意志)를 수행해 나가는 주역이다. 독서인의 위상이 아주 높다는 점에서, 이에 걸맞은 자세를 생각해보지 않을 수 없다. 독서인은 현실 문제에 함몰해서 정체성을 잃지 말아야 하고, 경전을 통해 우주 만물의 지향성과 그 최고선의 경지를 깨닫고 그런 지향성과 경지에 기꺼이 동참해야 한다. 퇴계 독서법에 제시된 이런 과업을 놓고 퇴계 당대의 독서인만이 감당할 수는 없다. 인생은 짧고 과업은 막중한 까닭이다. 정황이 이러하므로 퇴계 당대와 후대의 독서인이 '이의 발'에 입각해서 현실과 역사를 관조하고 우주론적 과업을 적극적으로 수행해 나가지 않으면 안 된다.

퇴계가 부여하는 과업은 인간 능력에 대한 확신을 토대로 한다. 즉, 퇴계가 인간의 사유 능력과 실천 능력이 미약하다고 느꼈다면 우주론적 과업을 부여하지 않았을 터이다. 인간의 무한한 능력과 우주론적인 과업이라는 측면에서 볼 때, 퇴계 독서법은 초시대적·초역사적인 교훈을 담았다고 할 수 있다. 상황과 여건에 따라 교훈의 내용이 많이 와 닿거나 적게 와 닿을 수는 있어도 전무한 경우는 결코 없으리라고 본다. 시공을 초월해서 영향을 미치는 교훈이라면 패러다임의 범주를 넘어선다. 오늘날 실용적 차원의 패러다임으로 퇴계 독서법을 폄하하는 경우가 있는데, 전적으로 올바르지 않다. 퇴계 독서법이 지닌 교훈은 실용적 차원의 패러다임으로 재단할 수 없을 만큼 장중·웅대한 까닭이다.

퇴계 독서법은 '생명을 잃은' 독서법이 아니다. 독서인에게 우주론적인 의미의 '있어야 할 것'으로 나아가게 하므로 '살아 있는' 독서법이라고 해야 마땅하다. 퇴계 독서법에 기대면 독서인은 참으로 위대하다. 우주의 선의지를 읽어내고 우주론적인 과업에 동참하는 주역이기 때문이다. 독서인의 삶은 짧고 우주론적 과업은 끝이 없다는 점을 들어, 독서인의 위대성을 의심해서는 안 된다. 각 시대의 독서인이 분담해서 우주론적 과업을 완성해 나가므로 어느 시대의 독서인이든 위대하지 않다고 말할 수 없다. 퇴계 독서법이 독서인의 위대성을 강조한다는 점에서, 현대인 모두가 독서인의 위치에서 그런 교훈을 기꺼이 받아들어야 한다. 교훈을 받아들이는 자만이 우주론적인 과업에 동참할 자격을 얻는 까닭이다.

—신태수

조선의 책벌레 이덕무

방이 너무 추워서 자다 일어나 『논어』를 병풍처럼 세워
웃풍을 막았으며, 『한서』를 꺼내 이불 위로
너와 지붕처럼 늘어놓고 잤다고 한다.

을유년 겨울 11월 공부방이 추워 뜰 아래 작은 띳집으로 거
처를 옮겼다. 집이 몹시 누추하여 벽에 언 얼음이 뺨을 비추
고 방구들의 그을음 때문에 눈이 시었다. (중략) 어린 아우와
함께 석 달간 이곳을 지켰지만 글 읽는 소리가 그치지 않았
다.

이덕무, 『이목구심서』에서

이덕무는 서얼로 태어났다. 조선시대 모든 사대부의 꿈은 입신
양명이었다. 과거에 합격하여 벼슬길에 오르는 것이 유일한 길이
고 꿈이었다. 서얼이란 신분은 양반이되 높은 관직에 나아가는
길이 원천적으로 봉쇄된 신분이다. 이덕무는 어릴 때부터 총명하

였다. 아버지의 후원을 업고 열심히 공부했다. 아버지가 돌아가시고 가세가 기울었지만, 그는 책읽기를 멈추지 않았다. 그는 스물한 살이 되도록 하루도 손에서 책을 놓은 적이 없었다. 어느 정도 책을 좋아했느냐면 눈병에 걸려 눈을 뜰 수 없는 지경인데도 실눈을 뜨고 책을 읽었다. 그리고 열 손가락이 다 동상에 걸려 피가 나는 상황에서도 친구에게 책을 빌려달라는 편지를 보낼 정도로 책벌레였다.

이덕무는 집이 너무 가난하여 책을 살 수가 없었다. 그래서 그는 늘 다른 사람에게 책을 빌려 보고, 베껴 적었다. 추운 겨울에도 솜이불이 없어 홑이불만 덮고 잤다. 방이 너무 추워서 자다 일어나 『논어』를 병풍처럼 세워 웃풍을 막았으며, 『한서』를 꺼내 이불 위로 너와 지붕처럼 늘어놓고 잤다. 한평생 그는 가난했다. 그렇지만 한시도 손에서 책을 놓지 않고 살았다. 이런 이야기도 전해온다. 집안에 양식이 다 떨어졌다. 너무 배가 고파 참을 수 없는 지경이 되자, 집안에 있는 물건을 내다 팔기로 했다. 그러나 돈이 되는 물건이라고는 『맹자』 책뿐이었다. 그 책을 2백 전에 팔아 밥을 지어 먹었다.

이덕무가 책벌레가 된 이유는 무얼까? 어린 시절의 환경과 서얼이라는 신분적 조건이 그를 책벌레로 만든 것이리라. 양반의 후손으로 태어난 그는 당연히 선비의 길을 갔다. 아무리 공부를 열심히 해도 사회적 제도는 그의 앞길을 가로막았다. 만약 이덕무가 과거를 보고 관직에 나갔더라면 어떻게 되었을까? 그렇게 책에 몰두하지 못했을 수도 있었을 것이다. 아마도 그의 관직 진출을 원천적으로 가로막은 조선 사회에 대한 원망과 절망을 책을 통해 풀어냈을지도 모른다. 그는 스스로 터득한 '책을 보는 방법에 대하여'에서 이렇게 말했다.

> 책을 볼 때는 서문, 범례, 저자, 교정자 그리고 권질이 얼마만큼이고, 목록이 몇 조목인지를 먼저 살펴서 그 책의 체제를 구별해야지, 대충대충 넘기고서 책을 다 읽었다고 하면 안 된다. 의심나는 일이나 의심나는 글자가 있으면, 즉시 유서나 자서를 참고하라. 글을 읽을 때는 명물이나 글 뜻이 어려운 본문은 그때그때 적어서 아는 사람을 만나면 반드시 물어라.
>
> 이덕무, 〈책을 보는 방법에 대하여〉 중에서

이제 독서는 양보다 질이다. 한 권의 책을 읽더라도 얼마나 폭넓고 깊이 있게 해석하느냐가 관건이다. 천천히 느리게 곱씹으면서 읽어야 제대로 독서를 했다고 말할 수 있다. 잡다한 지식이나 정보를 많이 안다고 해서 지식인이라 칭하지 않는다. 책을 쓴 저자의 의도와 구성, 관련 지식에 이르기까지 꼼꼼하게 살피면서 읽으라고 말한다. 이덕무는 비판적 독서의 중요성을 알고 있었던 것이다.

서른아홉 살 때 이덕무는 벼슬길에 오른다. 조선의 왕 가운데 가장 책을 좋아한 정조가 세운 규장각의 검서관이라는 직분을 얻는다. 검서관이란 오늘날 도서관 사서와 같은 직분이다. 책벌레가 사서로 취직했으니 자신의 특기를 살린 셈이다. 그가 저술한 책들은 박지원, 박제가 같은 학자가 수없이 인용했을 정도로 인기가 좋았다. 정조는 특히 이덕무의 지적인 역량과 사람 됨됨이를 알아보고 그가 세상을 뜨자 국가의 돈으로 문집을 내어주기도 했다. 이덕무가 서자의 신분이 아니었다면, 더 높은 벼슬에 올라 더 많은 일을 해냈을 것이다. 그래도 어쨌든 당대의 많은 인재 중에서 왕에게 뽑혀 인정을 받았으니 그의 삶이 그리 불행했던 것만은 아니었다.

그 자신은 한평생 원 없이 책을 읽었으니 행복했을지도 모른다. 그러나 그의 어머니와 누이는 집안이 너무 가난하여 병을 얻어 세상을 떠나고 말았다. 특히 누이가 세상을 떠나자 애통한 심정을 제문으로 남겨놓았다. 그가 자신을 '간서치(看書痴)', 책에 미친 바보라 칭했듯이 책을 떠난 이덕무는 상상할 수 없다. 이덕무가 한평생 책을 열심히 읽었다는 점에서는 높이 평가할 만하다. 그러나 현실의 삶을 외면하고 가족을 고통의 나락으로 빠지게 했던 점은 비판받아야 한다. 책 속의 이상적인 세계를 좇아가는 것도 좋지만, 그 지식을 활용하여 삶의 문제를 해결해야 하지 않겠는가. 이덕무를 지금 여기 시점으로 비판하자면 실사구시의 정신이 부족한 인물이었다. 그가 만약 이 시대를 살았더라면, 저술가나 도서 평론가로서 인기를 누리며 살았을 가능성이 많다. 아니면 고전 번역가로 이름을 떨쳤을지도 모른다. 시대의 한계가 자신의 삶을 옥죄었지만, 끝내 책을 손에서 놓지 않았던 이덕무. 조선의 책벌레 이덕무를 다시 생각해 본다.

－이경희

곰보아저씨,
구국(救國)의 길 위에 우뚝 서다

38선을 베고 쓰러지겠다는 그의 기개가 그립다. 정의는
역사 앞에 진실하다는 것을 몸으로 보여준 그는 참 스승이다.
삶이 그대로 책이 된 사람이다.

매미 소리가 유난스럽던 여름이었다. 대청마루에 누워 빈둥거리는 자식들 앞에 아버지가 내려놓은 것은 위인전집이었다. 한권을 읽으면 아버지는 달콤한 과자를 포상으로 주셨다. 그 재미에 들춰본 인물들은 모두 위대했다. 태몽도 남달랐고, 유년기도 탁월했다. 위인의 싹은 뱃속에서부터 결정된다고 느낀 것일까. 현실의 나와 너무나 먼 인물이란 생각에 책을 덮었다. 그때 그 위인들은 나를 더 열등하게 만들었다. 열등한 자존은 착한 아이로 만들기에 충분했다. 주변과의 불화가 싫어 참거나 양보하는 것이 더 편하다는 것을 깨달았기 때문이다. 자신의 주장을 내세울 줄 모르는 착한 아이는, 시대의 변두리에서 아웃사이더로 맴돌 수밖에 없었다.

그래서일까. 삶의 갈림길에 설 때마다 쏟아지는 질문은 더더욱 궁지로 몰아가곤 했다. '난 왜 용기가 부족할까?', '내게 정의란 뭘까?' 딱히 나아 보이지도 그렇다고 더 나아질 것 같지도 않은 그저 그런 날들이 지속될 때 질문은 깊은 곳에 눌러놨던 열등감까지 들썩이게 한다. 돌이켜보면 열등감이 불쑥 튀어 나왔던 날은 목표를 이루었거나, 없을 때였다. 하나의 목표를 가진다는 것, 그것을 위해 일생을 바칠 수 있다면 진정 행복하다.

내가 나아가야 할 길이 뚜렷하여 옆길을 돌아보지 않을 수 있다면, 한 치의 망설임도 없는 신념에 투신할 수 있다면 그 삶은 분명히 영광스러울 것이다. 시대가 나를 원하지 않아 그 길을 찾을 수 없었다는 어설픈 변명 따윈 하지 않을 터이니.

철이 들어서였을까? 아니면 그의 삶이 그대로 투영되어서일까? 과제로 읽게 된 『백범 김구』(창비)는 위인전에 가졌던 그 동안의 알레르기를 말끔히 치유해줬다. 아마도 그의 올곧은 삶이 고스란히 전해졌기에 가능했을 것이다. 김구가 살았던 시대는 격동기이자 변혁기였다. 유교정신이 흔들리고 외국 문물이 봇물처럼 밀려드는 혼란기였다. 김구는 1876년 황해도 해주에서 태어나 열한 살 때 집안에 세운 서당에서 한문과 한글을 익혔다. 청년이 된 그는 모든 인간은 평등하다는 생각을 하고 있던 터에 동학의 평등주의에 감동하여 입교하였다. 손병희와 최시형으로부터 동학을 전수받고, 1894년 갑오농민전쟁에서 선봉장이 되기도 했다.

을미년 명성황후가 시해되는 사건이 일어나자 울분을 참지 못하고 일본군 중위 쓰치다를 죽인다. '국모의 원수를 갚기 위해 이 왜놈을 죽였노라.' 라는 포고문을 쓰고 '해주 텃골 김창수' 라는 서명을 하여 큰길가에 붙여놓고 고향으로 돌아 갔다.

두달 후 감옥에 갇혔다. 감옥에서 그는 다시 태어났다. 그 안에서 싹튼 애국심은 학습의 필요성으로 이어졌다. 갇힌 공간에서 그가 할 수 있는 학습은 읽고 또 읽는 것이다. '사람이 살아가는 데 중대한 인생 역정의 판단 기준은 그 판단이 정도(正道)이냐 사도(邪道)이냐를 판단의 기준으로 삼아야 함이 그 생명임'을 강조한 구절을 굳이 인용하지 않아도 우리는 안다.

그는 정의로움이 뭔지, 그것이 어떤 고난을 가져올지, 훗날 역사는 어떤 평가를 할지 알고 있었던 것이다. 정의는 늙지도 휘지도 않는 청춘인가 보다. 지금도 그는 불쑥 나타나 나약한 누군가를 깨어나게 한다.

무지는 생각보다 장벽이 두텁다. 너무나 견고하여 쉽사리 무너지지 않는다. 어린 시절부터 배움의 터를 떠나본 적이 없는 그는 1905년에 절절히 느꼈으리라. 을사늑약 반대 전국대회에 참석하고, 대한문 앞에서 읍소를 하고, 종로에서 거리 연설을 하는 등 그가 할 수 있는 것은 다해보았지만 아무 소용이 없었다. 국민 자체가 나라의 소중함을 인지하지 못하고 무지했기에 그 벽을 깨는 것이 시급했다. 국민을 계몽하려면 교육을 해 지식을 얻게 해야 애국심도 고취된다는 것을 깨닫고 이듬해부터 교사 생활을 하게 된다. 그는 가는 곳마다 교육의 필요성을 역설하고 애국심을 고취하는 데 전력을 기울였다.

1949년 6월 안두희가 쏜 총탄에 맞아 쓰러지는 그 순간까지 그의 소원은 민족의 화합이고 통일이었다. 아니 지금도 그의 소원은 유효하며 우리의 숙제로 남아 있다. 정의롭지 않은 역사의 순간마다 그는 종로를 지나 광화문 네거리로 당당히 걸어 나와 소리친다. "내 몸이 남의 몸이 될 수 없음과 같이 이 민족이 저 민족이 될 수 없으며, 피와 역사를 같이하는 민족보다 더 완전한 영원함이란 없다."라고. 쩌렁쩌렁한 그의 목소리가 들리는 듯하다. 교수대에 끌려나갈 시간이 다가오는 그 순간까지 성현과 동행하리라 마음먹고, 『대학』을 읽고 또 읽었다는 그의 이야기는 청맹과니처럼 발등만 바라보는 우리를 부끄럽게 한다.

38선을 베고 쓰러지겠다는 그의 기개가 그립다. 그는 약자를 강자로, 겁쟁이를 용기 있는 자로 변화시키고 나아가 강자를 더 강하게, 용감한 자를 더욱 용감하게 한다. 그를 믿고 따를 수 있는 것은 그는 아는 만큼 실천했던 행동주의자이기 때문이다. 제대로 된 저서 한 권 남기지 않았음에도 그가 우리 가슴에 살아있는 것은 역사 앞에 진실하다는 것을 몸으로 보여주었기 때문이다. 격동의 역사를 고스란히 몸으로 쓴 사람, 삶이 그대로 책이 된 사람이다. 김구를 아는 것은 그가 읽고 실천한 수많은 책을 읽는 것이나 다름없다. 보랏빛 라일락이 수줍게 담장 너머를 훔쳐

보는 계절이다. 어쩌면 라일락은 넓은 길가의 가로수를 꿈꾸는 것은 아닌지. 텔레비전 앞에서 키득거리는 딸에게 김구를 소개해 야겠다. 그와의 만남이 새로운 문을 열어 주리라 믿으며…….

-정아경

책을 넘어선 위대함

– 법정 스님

> 좋은 책은 잠든 영혼을 불러 일으켜 삶의 의미와 기쁨을
> 안겨준다. 책을 통해 자신을 성찰하고 보다
> 가치있는 삶으로 나아가야 한다.

스님이 입적한 후 일어난 소동을 보셨다면 스님은 어떤 말씀을 하셨을까? 대표작 『무소유』는 품귀 현상이 빚어졌고, 발행 연도가 십 년이 넘은 책은 수백만 원에 팔리기도 했다. '말빚을 더는 남기고 싶지 않다.' 라며 그간 출간된 저서의 절판이 유언으로 전해지자 이러한 현상은 한동안 계속되었다. 스님의 말씀을 삶의 방향으로 여겨 온 사람들에게 절판 소식은 당황스러웠는지 모른다. 한편으로 스님의 명성을 생각하면 중생의 책에 대한 소유욕이 발동했을 것이다. 좋은 책은 보물처럼 가까이 두고 자주 들여다보고 싶어진다. 법회와 저서를 통해 법문을 설파하셨던 스님의 말씀을 책으로나마 오래 듣고 싶은 것이 중생의 마음이다. 그러나 스님은 유언을 통해 책을 넘어선 무언가를 우리에게 마지막으

로 전하고 싶으셨던 것 같다.

　스님은 한국전쟁을 겪은 후 삶과 죽음에 대해 고뇌하다가 깨친 바 있어 대학 시절 출가를 하게 된다. 출가 전 책에 얽힌 일화가 하나 있다. 어려운 살림살이 중에도 한푼 두푼 모아 책을 샀다고 한다. 출가를 결심하고 난 뒤 가장 마음이 쓰였던 것이 책이었다. "차마 다 버릴 수가 없어 서너 권만 챙겨 가리라 마음먹고 이 책 저 책을 뽑았다가 다시 꽂아 놓기를 꼬박 사흘 밤. 책은 내게 끊기 힘든 집착이었다."라고 법회에서 밝힌 바 있다. 하지만, 출가하고 난 뒤에도 책은 스님이 꼽는 행복 중 하나이다. 몇 권의 책과 개울물 길어다 마시는 차, 음악, 일손을 기다리는 채소밭은 혼자 지내는 산중 생활의 즐거움이었다. 오두막 살림살이 중 가장 행복한 때는 "읽고 싶은 책을 아무 방해도 받지 않고 쾌적한 상태에서 읽고 있을 때"라고 했다. 책에 대한 각별한 애정을 엿볼 수 있다.

스님은 친척의 부탁으로 처음이자 마지막으로 주례를 선 적이 있다. 신랑과 신부에게 세 가지 숙제를 내주는데 그 중 한 가지가 책이다. 부부가 원활한 대화를 지속하기 위해서는 책을 읽어야 한다는 것이다. 숙제도 구체적이어서 한 달에 산문집 2권, 시집 1권을 사서 함께 읽고 시는 하루 한 차례씩 번갈아 낭송할 것을 권유한다. 그렇게 해서 쌓인 책은 자식들에게 유산으로 물려주라는 것이다. 책이야말로 인간을 형성하는 밑거름이라 여겼던 까닭이다.

스님은 좋은 책을 늘 가까이하여 삶을 풍성하게 하고 깨달음의 지혜를 구하고자 노력했다. 스님의 독서법은 종일 책만 읽을 수 없기에 일과 중 책 읽는 때를 정해놓고 읽었다. 스님이 생각하는 좋은 책은 어떤 책일까? 내가 읽고 남에게 자신 있게 권해줄 수 있는 책이 좋은 책이라 말한다. 두 번 읽을 가치가 없는 책은 한 번 읽을 가치도 없다고 한다. "읽을 때마다 새롭게 배울 수 있는 책, 잠든 영혼을 불러일으켜 삶의 의미와 기쁨을 안겨 주는 책"이 좋은 책이다. "경전은 소리를 내 읽는 것이 좋고, 베스트셀러에 현혹되지 말아야 한다."라고 했다. 1년 365일 책 한 권 읽지 않는 삶은 녹슨 삶이 되고 만다. 스님이 책을 통해 얻고자 하는 것은 지식과 정보보다 깨어 있는 삶이다. 책을 통해 끊임없이 자신을 되돌아보고 성찰할 수 있어야 한다. 책은 수행의 한 방편으로 스승이며 동반자다.

스님은 읽고 좋았던 책을 법회와 지면을 통해 소개하곤 했다. 불교 관련 책 외에도, 자연의 중요성과 진정한 삶을 살기 위한 깨달음을 일깨우는 책이 많다. 불교 경전을 쉽게 읽을 수 있도록 번역하기도 했다. 헨리 데이비드 소로의 『월든』이나 장 피에르와 라셀 카르티에의 『농부 철학자 피에르 라비』는 스님이 추구하고 현대를 살아가는 우리가 지향해야 할 삶의 방식을 이야기하고 있다. 『왜 세상의 절반은 굶주리는가』, 『풍요로운 가난』 같은 책은 산업사회·문명사회 폐해를 언급하며 부조리한 현실을 담고 있다. 스님은 종교가 산속이나 첨탑 높은 꼭대기에 있지 않다는 것을 몸소 보여준다. 스님은 젊은 수행자 시절 다른 이들과 민주수호국민협회를 결성하고 민주화 운동에도 참여했다. 무고한 사람에게 사형이 집행되는 현실을 보며 스스로 가야 할 길은 수행승의 자리로 되돌아가는 것이라 여겨 송광사 뒷산에 '불일암'을 짓고 홀로 살았다. 수행자의 삶은 고독하되 고립되어서는 안 된다고 한다. 자기로부터 출발해 사람과의 관계를 형성하여 그들을 위해 최선을 다할 수 있는 길을 찾는 것이라고 했다.

> 사람은 책을 읽어야 생각이 깊어진다. 좋은 책을 읽고 있으면 내 영혼에 불이 켜진다. 읽는 책을 통해서 사람이 달라진다.
>
> 깨어 있고자 하는 사람은 항상 탐구하는 노력을 기울여야 한다. 배우고 익히는 일에 활짝 열려 있어야 한다. 독서는 누구나 쉽게 접할 수 있는 탐구의 지름길이다.
>
> 그 누구를 가릴 것 없이 배우고 찾는 일을 멈추면 머리가 굳어진다. 머리가 굳어지면 삶에 생기와 탄력을 잃는다. 생기와 탄력이 소멸되면 노쇠와 죽음으로 이어진다.
>
> 『아름다운 마무리』 중에서

스님은 책을 읽되 책에 읽히지 말라 했다. 책에 얽매이지 말고 자유로워져야 한다는 뜻이리라. 좋은 책을 읽고 그 책의 좋은 내용이 내 삶에 스며들어 이어져야 한다는 것이다. 책을 넘어선 그 무엇, 즉 책을 읽는 행위는 나를 알아가고 깨우는 행위로 보다 가치 있는 삶으로 나아가게 한다. 스님이 위대한 것은 읽고 쓰고 살아가는 일이 한결같았기 때문이다. 단순하고 소박한 삶을 추구했던 스님의 위대한 무소유 정신이 아이러니하게도 사람들로 하여금 책에 대한 소유욕을 불러일으켰다. 책을 절판하라는 유언은 책에 얽매이지 말고 자유로워지라는 뜻일 것이다. 이제껏 책이 없어 우리의 삶이 이렇게 된 것은 아니다. 오랜 세월 동안 많은 법문을 통해 뜻을 전했으니 책은 그만 보고 책으로 읽고 느낀 것을 실천하며 살아가라는 뜻이 유언에 숨겨졌다고 생각한다. 책을 넘어선 위대함, 바로 깨어서 실천하는 삶이 아니겠는가.

-남춘미

독서광 안철수의 독서법

우리는 우리가 읽은 것으로 만들어진다.
독서는 경험이 되기 때문이다.

그는 참 착하게 생겼다. 나이 마흔이 넘으면 자기 얼굴에 책임
을 져야 한다는 말이 있다. 그 사람의 지내온 삶이 얼굴에 드러나
기 때문일 것이다. 14년 동안 의사로, 10년 동안 벤처 기업 CEO
로, 지금은 카이스트 석좌교수로 재직하고 있는 그의 이력을 보
자면 당당하고 교만한 태도를 보일 수도 있건만, 그는 수수하고
순수한 소년 같은 모습을 지녔다. 화려한 프로필과 달리 겸손한
그의 모습을 보자니 저절로 자신을 돌아보게 된다. '바르게 살아
야지, 겸손하게 처신해야지.' 그런 마음의 소리가 일어난다. 비
난과 독설이 난무하는 시대에 그의 주변은 언어의 청정지역이다.
근래 보기 드물게 존경받는 사람이고, 한국의 청소년이 가장 만
나고 싶어 하는 CEO 안철수. 무엇이 오늘의 그가 되게 했는지

궁금증이 생겨난다.

초등학교 시절, 그는 공부를 못했던 아이였다. 한 반이 60명이었는데 거기서 30등을 했다고 하니 공부에서는 그리 뛰어난 게 없는 학생이었던 모양이다. 별다른 점이 있었다면 활자 중독증이라고 스스로 밝힐 만큼 초등학교 시절부터 독서광이었다는 것이다. 자신이 쓴 책『CEO 안철수, 영혼이 있는 승부』에서 그는 자신이 그리 뛰어난 재주를 가지지 않았음에도 남보다 먼저 어떤 일을 할 수 있었다면, 책에서 배운 바가 크기 때문이라고 했다. 그렇다면 그가 의사 출신이면서 성공한 벤처 사업가가 될 수 있었던 사연, 자신의 능력 전반을 사회를 위해 쓸 수 없을까 고민하다가 성공한 CEO의 길을 과감히 접고 미국 유학생이 된 사연, 바른 기업가 정신이 무엇인지 젊은이들에게 가르치기 위해 카이스트 교수가 된 사연의 저변에는 그가 읽어 온 책의 영향력이 컸을 거라고 짐작해 본다.

'우리는 우리가 읽은 것으로 만들어진다.'라는 독일의 문호 마틴 발저의 말은 의미심장하다. 우리가 읽는 것이 우리를 만들어 간다니. 그렇다면 우리가 지금 무엇을 읽고 있느냐에 따라 미래의 모습이 달라진다는 말이 된다. 우리가 읽는 것을 다른 말로 바꾼다면 '독서'가 가장 적당하겠다. 책을 읽는다. 책에 무엇이 담겨 있기에? 그것은 경험이다. 우리는 독서를 통해 경험을 하나하나 벽돌처럼 쌓을 수 있다. 그런 면에서 안철수는 경험의 벽돌을 탄탄히 쌓아 올린 노련한 독서가다. 노련한 독서가가 권하는 바람직한 독서 방법은 주의해서 들어볼 만하다.

안철수는 좋은 책이라고 무턱대고 읽는 것보다, 각자의 태도와 습관에 대해 한 번쯤 고민해 볼 필요가 있다고 했다. 안철수의 독서 방법 중에 유의할 만한 몇 가지를 소개해 보면, 먼저 양보다는 질이다. 책을 읽어서 해치운다는 마음가짐보다는 책에서 얼마나 많은 것을 얻을 수 있느냐에 중점을 두어야 하며, 여러 권의 책을 체하듯이 무턱대고 읽는 것보다는 좋은 책 한 권을 천천히 생각해 가면서 읽는 것이 더 좋다고 했다. 다음으로 비판적 읽기를 중요시했다. 책 내용을 무조건 믿고 그와 다른 의견은 부정하기보다는 융통성 있고 열린 사고로 대하는 것이 필요하다는 것이다. 그 다음으로 실천적인 독서를 강조했다. 책은 읽기만 하는 것으로 그치면 아무런 소용이 없다. 책은 궁극적으로 마음가짐의 변화, 생활습관의 변화, 일하는 방식의 변화를 가져와야 한다고 했다. 마지막으로 교육과 마찬가지로 책이 그 사람에게 영향을 미치려면 어느 정도의 시간이 필요하다는 사실을 알아야 한다는 점이다. 아이가 단기간에 몇 권의 책을 읽고 무엇인가 효과가 드러나기를 바라는 것은 부모의 욕심일 수 있다. 성인도 마찬가지다. 당장 현실에 무슨 소용이 있느냐고 할 수 있지만, 좋은 책일수록 서서히 효과가 나타날 수 있다. 책은 직접적인 해답을 제공해 주지는 않지만 힌트를 제공해 주는 좋은 조언자이며, 언젠가는 재구성되고 내재화된 경험이 빛을 발할 것이기 때문이다.

안철수의 독서 방법은 우리에게 성급한 마음을 가라앉히라고 조언해 주는 듯하다. 질보다는 양적인 독서를, 실천적인 독서보다는 지식 위주의 독서에 공을 들이고 있지는 않은지 되돌아 볼 일이다.

　오늘도 무심히 V3 백신 프로그램을 사용하면서, 직원들 월급 걱정에 매월 초마다 안절부절못하면서도 천만 달러에 안철수 연구소를 사겠다는 유혹을 거절했다던 그를 생각해 본다. 그의 바른 기업가 정신과 쉽지 않은 결정 덕에 우리는 무료 백신을 쓰고 있지 않은가. 그가 고맙다.

-박순애

비(rain)야! 큰 비야!

– 한비야

> 책을 통하지 않고 어떻게 개미와 우주인, 천 년 전 사람들과
> 천 년 후의 사람들을 만날 수 있을까. 거대한 지혜의
> 바다에 빨대를 들이대는 작은 몸짓, 책읽기다.

'올해부터 죽을 때까지 1년에 백 권 읽기.'

여고 1학년, 열일곱 살 나이에 단짝 친구와 굳게 결심한 그녀는
지금까지 그 결심을 지켜오고 있다. 아니 더욱 왕성한 책읽기를
하고 있다. 책이 사람을 만든다는 선생님의 말씀을 굴뚝같이 믿
기 때문이다. 그녀는 그때 생긴 독서 습관이 자신의 인생을 얼마
나 풍성하고 행복하게 만들고 있는지 하느님만이 아시리라고 했
다. 책을 통하지 않고 어떻게 개미와 우주인, 천 년 전 사람들과
천 년 후의 사람들을 만날 수 있을까. 책읽기의 매력을 조금이나
마 안다면 그녀의 말이 거짓이 아님을 알 것이다. 책읽기에 빠져
들면 '심심하다'라는 말은 무의미하다. 오히려 혼자만의 시간을
기다리게 된다. 거대한 지혜의 바다에 빨대를 들이대는 작은 몸

짓, 책읽기다.

한비야. 이름만으로도 가슴을 뛰게 하는 그녀다. 1958년 서울에서 태어나 숭의여자고등학교와 홍익대학교를 졸업했다. 유타대학교 대학원에서 국제홍보학과를 졸업하고, 국제 홍보회사 한국지사에서 일하다 35세에 그만두고 세계여행을 떠났다. 안정적인 직업을 버리고 새로운 도전에 나서는 그녀에게 35세 나이는 걸림돌이 될 수 없었다. 인생은 축구와 같다는 그녀에게 서른 다섯은 이제 겨우 전반전(25세)이 지났고, 후반전(45세)은 아직 멀었을 뿐이다. 마지막 휘슬을 불 때까지 온 힘을 다해 뛰어야 한다고 믿는 그녀의 삶 또한 축구 경기나 다름없다.

그녀는 편안한 비행기 여행이 아니라 육로로, 오지만 찾아다니기를 7년. 『바람의 딸, 한비야 걸어서 지구 세 바퀴 반 1.2.3.4』는 그렇게 우리에게 왔다. 그녀의 글은 길들지 않은 야생마처럼 거침없고 솔직하다. 그녀의 경험이 내 것인 양 아리고 설레는 것은 그래서일 것이다.

좁은 땅에서 아등바등 경쟁하며 근시안적 삶의 매너리즘에 빠져 있던 우리는 그녀의 용기에 매료되었고 단숨에 그녀의 포로가 되었다. 애벌레로서의 삶에 만족하며 살던 젊은이에게 그녀는 과감히 그 삶을 버리라고 독려하고, 번데기의 고난을 견디면 날개 달린 삶이 있을 거라 한다. 실패를 두려워 않는 용기, 실천하는 당당함은 수많은 젊은이의 등에 배낭을 들쳐메게 했다. 실천하는 그녀의 행동은 애국이고, 움직이는 그녀는 펄럭이는 태극기다.

왁자지껄 독서이야기

월드비전 긴급구호팀장으로 일하다 2009년 7월에 그만두고 그녀는 다시 고치 속으로 들어갔다. 보스턴에 있는 터프츠 대학교의 영양학 전문 대학원 프리그만 학교와 국제법 및 외교학 전문 대학원 플레쳐 스쿨에서 인도지원 석사 과정을 이수 중이다. 그녀의 나이 52세다. 이론까지 겸비한 실천가가 되기 위해서란다. 다시 세상을 향해 날아오를 그녀의 날개 빛이 궁금하다.

한비야의 본명은 한인순이다. 세례명 '비야'는 이탈리아어로 '어떤 일에나 열심히'라는 뜻이다. 이름처럼 그녀는 참 열심이다. 문은 열리라고 있는 것이라 믿는 그녀에게 '두드려라. 그러면 열릴 것이다.'라는 관념적 문구조차 실천의 명언이 된다. 그녀의 책을 읽고 있으면 명치 아래 숨겨진 불씨가 댕겨지는 것 같다. 나태한 나를 돌아보고 실천의 다짐을 메모하게 하고 행동하게 한다. 옆구리에 책을 끼고 다니고 수시로 메모하는 것이 결코 감상만은 아니라는 무언의 지지도 얻는다. 여행이나 구호 활동 중에도 책읽기와 글쓰기를 멈추지 않았다 하니, 그녀에게 읽고 쓰는 것은 마치 숨 쉬는 것만큼이나 당연하다. 독서의 완성이 글쓰기라면, 책벌레 한비야는 완전한 독서를 하는 사람이다. 활동만큼 글쓰기도 왕성하다. 연이어 출판되는 저서가 그것을 말해준다.

최근 출판 한 『그건, 사랑이었네』라는 책에서 그녀는 더 적극적으로 책읽기를 강요한다. 그녀는 좋은 것을 나 혼자만 즐긴다면 그것은 죄라고 말한다. 좋은 것은 자랑하고 떠벌려서 여럿이 함께 나누고 누려야 한다고 믿는다. 그녀의 수다스러움이 밉지 않은 것은 그런 마음이 느껴지기 때문이다. 그래서 따라 하게 된다. 그만큼 그녀는 영향력 있는 사람이다. 이 책에서 그녀는 종교·구호·고전·교양 네 개의 분야에서 각각 여섯 권을 골라 스물네 권을 추천한다. 헨리 데이비드 소로우의 『월든』이나 스콧 니어링의 『조화로운 삶』, 법정 스님의 『무소유』는 제외되었지만, 그녀의 삶에 피와 살이 된 책이라고 한다. 그 중에서도 가장 영향을 받은 책은 성경이다. "길이 있어서 나선 게 아니라 한 발을 디디니 길이 생겼다."라는 대목은 그녀 인생의 나침반이라고 한다. 그녀의 영혼을 살찌운 책이라니 당연히 읽어봐야지.

30년 이상 1년에 백 권 읽기를 실천해오고 있는 그녀와 동시대의 삶을 공유하고 같은 공기를 마시는 것은 멋진 일이다. 굳이 고전을 뒤지지 않아도 롤 모델(role model)이 눈앞에 있으니까. 몇 년째 비가 오지 않는 어느 오지에서 야영하던 다음 날, 큰비가 내리자 그곳 주민이 그녀를 여신처럼 여겼다고 한다. 한비야가 그곳 말로는 '큰비'라는 뜻이라니 그녀에 대한 주민들의 호감이 어떠했을지 상상이 된다. 순수한 주민들의 환대에 기꺼이 응하며 환하게 웃는 그녀가 떠오른다.

그녀의 바람이 현실이 된 건 아닐까? 열정은 감추어지지 않는다. 열정은 행운의 다른 이름이기도 하다. 고갈되지 않는 그녀의 열정은 마르지 않는 독서의 바다에서 공수한 에너지일 것이다. 시공을 넘나드는 책 속 인물은 그녀의 앞길에 등불이 되고, 그녀는 우리의 희망이 된다.

그녀에게 책읽기가 '그건 사랑이었다'라면, 그녀를 읽는 우리 또한 '이건 사랑이다'라고 말하고 싶다. 깊은 숲, 솔향기를 내뿜으며 한 줄기 햇살이 되어 주는 한비야. 그녀의 열정이 진행형인 이상 우리의 사랑도 진행형이다.

—정아경

독서가 일용할 양식인 사람
- 소설가 장정일

소설가 장정일에게 독서는 지적 호기심을 충족시키는
쾌락적 독서에서 관계 맺기와 나눔의 독서로
독서의 의미를 무한 증식 중이다.

소설가 장정일은 알려진 독서가이다. 이미 7권의 독서 일기를
저술하였고 〈TV, 책을 말하다〉라는 교양프로그램을 통해서 책과
대중을 잇는 다리 역할을 한 그는 이젠 대중에게 소설가라기보다
독서가로 더 친숙해졌을지도 모르겠다.

TV 화면 속 그는 날카로운 문체로 원고지 위를 종횡무진 누비
던 그 소설가가 맞는지 의아한 생각이 들게 한다. 수줍은 듯 조용
한 말투와 머리를 긁적이는 행동, 말하는 것보다 듣기를 더 좋아
하는 그의 모습은 소설에서 느껴지는 작가적 면모와는 사뭇 다르
기 때문이다. 이처럼 그는 결코 능변가가 아니다. 그럼에도 불구
하고 그의 이야기를 듣다 보면 나긋나긋하게 전하는 한 마디 한
마디가 얼마나 깊은 사유와 사색으로 만들어진 것인지를 짐작할

수 있다. 책에 대한 자신의 생각을 이야기할 때는 독서에 대한 철학을 넘어 어떤 고집마저 읽을 수 있다.

사실 장정일은 인터뷰에서 "아침부터 밤까지 책만 읽고 있으면 월급 주는 직업을 갖고 싶다."라는 말을 했을 정도로 책에 대한 사랑이 깊다. 장정일이 책을 접하게 된 것은 중학교를 중퇴하면서부터였다. 그의 최종 학력은 중학교 중퇴이다. 그는 이후에 독학과 독서를 통해서 문학의 길로 들어섰다고 한다. 제도권 교육으로 배우지 못한 것들을 독서를 통해서 스스로 익힌 것이다. 그런 여건 속에서 그는 1984년 최연소 등단 시인이 되었다. 그의 독서량이 얼마나 방대한 것이었고 문학적 사유가 얼마나 깊었는지는 짐작하고도 남음이 있다.

그렇다면 그에게 독서는 어떤 의미일까? 이에 대한 답은 쉽지 않다. 그에게 있어서 독서의 의미는 끊임없이 변화하고 있기 때문이다. 그의 독서관은 그가 저술한 『장정일의 독서일기』에 잘 드러난다. 이 책의 1권에서 그는 자신이 읽지 않은 책은 세상에 없는 책이라고 말한다. 그리고 책이 존재하기 위해서는 그 책을 읽어야 하며 책을 읽는 것은 곧바로 쓰는 행위라고 말한다. 이렇듯 초기 그의 독서는 상당히 쾌락적이었다. 이는 최근 그의 저술에서도 짐작할 수 있는 부분이다. 그는 목마른 자가 물을 갈구하듯 독서를 했다고 한다. 실제로 이러한 그의 독서법을 두고 어떤 이는 밥을 먹듯 독서를 하는 사람이라고 평가하기도 한다. 책을 읽음으로써 존재하는 사람이며 하루의 일과가 책의 신에게 일용할 양식을 구걸하는 것으로 시작하는 사람이라는 것이다. 이와 같은 평가는 읽기와 쓰기가 혼자만의 온전한 쾌락이라는 그의 말에서도 짐작할 수 있다. 가히 독서광의 면모라고 할 만하다.

그러나 최근 장정일은 이러한 쾌락적 독서에서 벗어나 나눔의 독서를 추구하는 것 같기도 하다. 그는 『장정일의 독서일기 7』에서 다음과 같이 고백한다. "독서에 관한 내 관념은 몇 차례나 바뀌었다. 젊었을 때는 그저 지식을 내 것으로 만드는 수단으로 책을 읽었다. 그때 책은 아파트 평수를 넓혀 가는 것과 같이 내 개인적인 재산이었다. 그런데 이제 와서는 다른 사람과 이해와 사랑을 나누는 방법으로 책에 대해 생각하게 되었다. 지식을 소유하는 게 아니라, 책을 통해 타인과 관계를 맺어 가게 된 것이다. 무엇엔가 중독된다는 말은 곧 외로움으로 통하지만, 책에 중독된다고 해서 외로워지지는 않는다." 쾌락적으로 혹은 지적 호기심을 충족하기 위한 독서에서 나눔과 관계 맺기의 독서로 그는 또 한 걸음 나아간 것이다. 고정되지 않은 유동적인 독서관, 그야말로 장정일이 책과 함께 성장하고 있음을 보여주는 면모가 아닐 수 없다. 책을 읽음으로써 스스로 향기로운 사람이 되고자 한 인격수양의 독서를 하고 있는지도 모른다. 책과 함께 성장하는 삶이야말로 책을 사랑하는 애서가의 오래된 꿈일 것이다.

그의 책에 관한 관념은 유동적이나 책을 읽는 방식은 늘 같다. 그는 상당히 주관적인 독서법을 가지고 있다. 『독서일기』를 읽어보면 이 책이 읽은 책에 관한 내용인지 아니면 장정일의 일상에

왁자지껄 독서이야기

관한 산문집인지 구별이 되지 않는다. 독서와 삶이 유리된 것이 아니라 일체화되어 있기 때문이다. 주관적이면서 비판적인 독서, 자신의 주관을 중심으로 책을 평가하고 이해하는 그의 독서법은 일견 뚜렷한 기준으로 읽을 대상을 취사선택했던 다산(茶山) 정약용을 닮았다. 그의 독서는 매우 폭넓다. 인문학, 사회과학, 자연과학, 예술 분야를 망라하는 그의 독서 범위는 상상 그 이상이다. 그의 소설에서 느껴지는 세상과 사람에 대한 날카로운 통찰은 바로 이러한 폭넓은 독서의 힘일 것이다. 현상을 읽고 본질을 깨는 그의 소설의 힘이 바로 독서에 있다.

장정일은 그가 살아온 삶만으로 독서의 중요성을 상징하는 아이콘이 되었다. 장정일만큼 독서와 연관지어진 삶을 찾기도 어려울 테니 말이다.

-윤은주

비상을 꿈꾸는 호모부커스

- 이권우

이권우식 독서법은 바쁜 현대인에게 쉼표의 미학을 가르쳐
준다. 깊이, 느리게, 겹쳐 읽으면서 고치의 시간을
견디다 보면 삶의 변화를 꿈꾸는 주인공이 된다.

어느 나라에 글읽기를 좋아하는 임금님이 살고 있었다. 임
금님은 글이 실려 있는 '책'을 만들고 싶었다. 지혜로운 신하
는 임금님의 마음을 알고 그럴듯한 모양의 책을 만들겠다고
자청했다. 보름이 채 지나기 전에 신하는 '네모 책'을 가져와
임금님에게 올렸다. 임금님은 물었다. "어찌하여 네모 책을
만들었느냐?" "둥근 책은 이 말을 하는지 저 말을 하는지 두
루뭉술하여 알쏭달쏭하옵고, 세모 책은 송곳처럼 예리하여 마
음이 상할까 하옵니다. 구불구불거리는 책은 꼬인 실타래마냥
도무지 무슨 말인지 알 수가 없사옵니다." "그럼 네모 책은?"
"네모 책은 시작과 끝을 알기 쉽고 요리조리 돌려 보면 제각
각 다른 모양이라 임금님의 지혜가 바다와 같이 되실 것이옵

니다." 임금님은 신하의 지혜를 크게 칭찬하며 상을 내렸다.

『호모부커스』, 굳이 해석하자면 책 읽는 신인류쯤. 그린비 달인 시리즈 중에서 책읽기 달인을 희망하는 독자를 위해 펴낸 책이다. 책읽기에 대해 닭가슴살 쪽쪽 찢어내듯 요모조모 일러주고 있다. 닭가슴살이란 것이 익혀 놓으면 살이 퍽퍽하여 각종 채소와 소스를 곁들여야 먹기에 좋다. 시쳇말로 몸짱이 되고 싶거나 살빼기를 위해서 먹는 음식의 대표 주자이다. 간간이 등장하는 저자의 자랑(?)을 양념 삼아 읽는다면, 닭살을 손수 찢어내는 수고를 덜고 내면의 상승 효과를 경험하는 책이 될 성싶다. 책의 반은 책을 왜 읽어야 하는지를 열변한다. 나머지 반은 책 읽는 방법에 대해 다양한 처방을 내려준다. 책을 많이 읽으면 저절로 알게 된다는 부분이다.

이권우는 자신을 "책에 눈멀어 책만 읽으며 살아가려는 한심한 영혼"이라 말한다. 그의 거친 표현을 빌리자면 '책만 죽어라 읽으려고' 국문학과에 입학했다. 남들 취업준비한다는 대학 4학년 때도 도서관에서 책만 읽었다니 눈이 멀어도 단단히 멀었나 보다. 이후 책과 관련된 일을 하다가 지금은 자칭 도서 평론가의 길을 걷고 있다. 열 권 남짓한 그의 저서에는 책벌레에서 나비로 변신하려는 알짜배기 영양분이 골고루 담겨 있다. 동서양을 넘나들고 고전과 현대를 아우르는 그의 독서 이력을 따라 책읽기 내공을 쌓아보는 것도 즐거운 경험이 될 것이다.

그렇다고 저자가 어려서부터 풍족한 독서 환경에서 성장한 것은 아니다. 가난한 집안 형편에도 불구하고 책읽기에 대한 남다른 열정으로 어머니를 졸라서 산 『세계아동명작전집』을 게걸스럽게 읽었다. 도서관을 들락거리며 읽었던 '자유교양문고'는 메마른 학창 시절의 오아시스였다. 이후 몇몇 전집을 읽으며 책에 대한 갈증을 해결했다. 당시 그는 입시 전쟁과 무관한 이단아였는지도 모른다. 대학생활은 고전문학과 더불어 풍요로웠다. 특히, 루카치의 『역사와 계급의식』을 읽고 느꼈던 지적 충격은 중용의 정신을 일깨우는 삶의 경전이 되었다. 지혜의 보고인 고전을 읽고 더 나은 모습으로 성장하고자 애쓴 흔적이 이권우식 독서법에 배어난다.

　'깊이 읽기, 느리게 읽기, 겹쳐 읽기.' 저자의 체험에서 비롯된 독서법이다. 모든 사람에게 통용되는 것은 아니지만 길잡이가 필요한 사람에게는 유용하다. 마치 가다 서다 반복하는 완행열차처럼 느리게 읽어야 행간의 의미를 분석하고 상상을 펼칠 수 있다고 한다. 때로는 비판의 눈으로 흘겨볼 여유도 생긴다. 느리게 곱씹어 책읽기가 즐거워질 때쯤 한 작가의 작품을 두루 읽거나 주제가 같은 책을 더 읽고 싶어 한다면 책벌레가 될 자격이 충분하다. 책읽기를 통해서 지적 역량이 더욱 넓어지고 깊어지는 것이다. 바쁜 현대인이 들으면 타박할 수도 있다. 하지만, 성장에는 고통이 따르고 새살이 돋으려면 굳은 딱지가 떨어져야 한다. 책을 읽으며 자신을 비추어보고 성찰하면서 새로운 세계와 가치를 발견한다. 삶의 변화를 꿈꾸게 된다.

"아직 애벌레이지만, 찬란한 비상의 꿈을 꾸고 있는, 책벌레들에게 이 책을 바칩니다." 선배 책벌레로서 후배 책벌레가 될 독자에게 던지는 비전이다. 이권우는 이미 많은 사람이 강조한 탓에 싫증나지 않나 염려하면서 신선한 소통이 되기를 원한다. 소통의 경로도 다양하다. 현재 학교에서 대학생들에게 책읽기 전도사로 활약하며 큰 형 노릇을 톡톡히 하고 있다. 도서관이나 카페, 지면에서는 대중과 소통하며 쌓아둔 독서 내공을 전수 중이다. 저작도 꾸준히 이어진다. 이권우는 지금 책벌레로서의 도리와 삶에 충실하다. 그리고 자신과 독자에게 질문한다. 책읽기가 몸에 배고 "그럼, 그 다음에는?"

-이난영

가슴의 별로 새겨진 남미의 예수

평생 손에서 놓지 않았던 책은 혁명의 불멸을 확신시켰고,
그를 행복하게 했다. 그래서 나는 행복한 혁명가라고.

아름다움과 혁명은 서로 대립되는 것이 아니다.
아름다움과 혁명은 먼 데 있는 것이 아니다.
바로 손끝에 있는 것이다.

　　　　체 게바라, 〈나의 손끝〉 중에서

'혁명'이 아름다움과 동의어라는 것을, '혁명가'의 가슴은 사랑
으로 가득 차 있다는 것을 그를 통해 알게 되었다. 행복 역시 먼
데 있는 것이 아니라 손끝에 있다는 것도 알게 되었다. 시인은 한
구절의 시에, 화가는 한 폭의 그림에 전부를 건다. 그렇다면 '혁
명가'는 무엇에 전부를 걸까.
　에르네스토 게바라는 1928년 아르헨티나의 귀족 가문에서 태

어났다. 두 살 때 폐렴을 앓고 난 후 천식으로 평생을 고생한다. 기침이 한번 터져 나오기 시작하면 몇 시간씩 계속되었고, 때로는 며칠씩 계속되기도 했다. 죽음을 떠올리게 될 때도 에르네스토는 '지금 이 순간이 마지막이다. 최선을 다해 살자!'라는 생각으로 한계 앞에 무릎 꿇지 않았다. 학교에 가지 못하는 날이 많았다. 에르네스토의 아픔과 외로움을 달래준 것은 역시나 책이었다. 책은 그를 깊은 사유의 세계로 안내했고, 훗날 가난하고 억압받는 민중의 삶을 외면하지 못하는 인간애를 싹트게 하는 밑거름이 되었다.

스물세 살의 청년이 된 에르네스토는 자신이 사는 땅을 돌아보고 싶었다. 낡은 오토바이를 타고 남미 대륙을 횡단했다. 세계적인 알레르기 전문가인 피사니 교수의 연구실에서 일하며 장래가 촉망되는 의대생이었다. 여행 중 찾아간, 칠레의 추키카마타 구리 광산의 굴뚝 꼭대기(96미터)에서 그는 환호성이 아닌 긴 탄성을 내쉬었다. 굴뚝 이쪽에는 미국인이 거주하는 호화로운 대저택과 골프장이 있었고, 맞은편에는 짐승처럼 일만 하다 지쳐 기어들어가 쉬는 인디오와 메스티소(백인과 인디오의 혼혈인종)들이 모여 사는 판잣집이 있었던 것이다. 부유한 귀족 가문의 아들이었고 의대생이었던 그의 눈에 민중의 삶이 뼈아프게 다가온 것은 혁명가로서의 그의 삶을 결정짓는 사건이었다.

'잘못되었다'라고 가슴이 말하는 것을 바꾸기 위해 그는 과테말라로 떠난다. 낮에는 병원에서 일하고, 밤에는 혁명가로 열정을 태우는 이 젊은이는 그때부터 '체' 라고 불렸다. '체' 는 아르헨티나의 감탄사이며 인디언의 토속어로 '나의' 라는 뜻이다. 에르네스토가 입버릇처럼 사용했다고 한다. 혁명가가 된 체 게바라는 1955년에 멕시코에서 피델 카스트로를 만났고, 그와 함께 쿠바 혁명을 이루어냈다. 산업부 장관과 국립은행 총재를 지내는 동안에도 그에게는 몇 벌의 군복이 전부였고, 일요일 오전에는 사탕수수 농장에서 일했다. 권력의 달콤함에 빠지지 않기 위해서였다. 1965년 한 장의 편지를 남기고 그는 쿠바에서 사라진다.

쿠바를 떠날 때
누가 나에게 이렇게 말했다
당신은
씨를 뿌리고도
열매를 따 먹을 줄 모르는
바보 혁명가라고……

내가 웃으며 그에게 말했다
그 열매는
이미 내 것도 아닐뿐더러
난 아직
씨를 더 뿌려야 할 곳이 많다고,
그래서
나는 행복한 혁명가라고………
〈행복한 혁명가〉 전문

스스로 행복한 혁명가라 지칭했던 체 게바라는 1967년 볼리비아 정부군에 잡혀 총살되었다. 그의 나이 서른아홉이었다. 마지막 순간까지 '혁명의 불멸성'을 말했던 그는 남미에서뿐만 아니라 지구촌 곳곳에서 젊은이들의 가슴에 별이 되어 부활하고 있으니 그는 분명히 행복한 혁명가임이 틀림없다.

깊은 밤, 굵은 시가를 물고 비스듬히 누워서 책을 읽는 한 장의 흑백 사진은 그를 열광하게 했다. 쿠바에서 독재와 맞서 싸우던 시절의 사진이다. 혁명을 준비하거나 완성한 후에도 그는 언제나 책과 함께였다. 그의 문학적 소양은 진흙 속에서 피어나는 연꽃처럼 주변을 향기롭게 했다. 체 게바라는 혁명 중에도 밤이면 부하들에게 글을 가르쳤고, 재능이 있는 부하는 대학까지 보냈다. 책을 읽다가도 감명 깊은 부분은 부하들에게 읽어주었고 틈틈이 시도 썼다. 그의 시는 궁지에 몰린 게릴라의 불안한 심장을 안정시켰다. 문학이 혼자만의 만족에 그치지 않음을 그로 인해 확인하게 되는 부분이다. 리더의 평화는 그가 속한 단체의 안정이기도 했기에 체 게바라가 소속된 곳에서는 언제나 웃음이 끊이질 않았다. 생사를 넘나드는 전선에서 부하들은 그의 온유한 품성에 매료되었을 것이다. 책은 절망 속에서도 희망의 동아줄이 되어주고, 어둠 속에서도 성령 같은 음성이 되어준다.

평생 그를 쫓아다닌 천식은 낮은 곳의 아픔을 외면하지 못하게 한 그의 스승이었다. 평생 손에서 놓지 않았던 책은 혁명의 불멸을 확신시켰고, 그를 행복하게 했다. 물질적 풍요 속에서 정신적

허기로 허덕대는 우리에게 필요한 것은 "우리 모두 리얼리스트가 되자. 그러나 가슴속엔 불가능한 꿈을 가지자."라고 말하던 체 게바라의 살아 있는 의식이 아닐까. 한때 젊은이들의 의식을 전복했던 『게릴라 평전』(1961), 『쿠바혁명 전쟁의 회상』(1963), 『볼리비아』(1969) 등 그의 저서는 공산주의가 몰락한 지금도 그와 함께 살아 있다.

이제 체 게바라는 신화다. 한 인간의 올곧은 실천이 신화가 된 것이다. 신화는 이데올로기도 흡수하는 신비로운 힘을 가지나 보다. 그를 찾아 남미로 떠나는 젊은이들이 끊이질 않으니 말이다. 신념을 위해 뜨거운 심장을 기꺼이 내놓을 수 있는 사람이 얼마나 위대한지 우리는 안다. 그래서 사르트르는 인간에게는 붙일 수 없는 '금세기 가장 완전한 인간' 이라며 그를 평했다. 21세기를 살아가는 누군가의 가슴에 완전한 실천을 다짐하게 하는 체 게바라는 복제되고 또 복제되어야 한다. 아르헨티나에서 태어나 과테말라에서 혁명가가 되고, 쿠바에서 싸우다 볼리비아에서 죽은, 짧은 그의 생이 절대 소멸하지 않은 까닭을 알 만하다.

－정아경

왁자지껄 독서이야기

다카시의 독서론

무엇인가를 배우려고 하는 것이 인간이다.
책은 만인의 대학이며, 인간은 책이라는 대학에
계속 다니지 않는 한 아무 것도 배울 수가 없다.

그 어떤 즐거움보다 책 읽는 것이 최고의 즐거움인 사람이 있다. 보통 사람이 즐거움으로 삼고 있는 일보다 책을 통해 공부하고 있을 때가 가장 즐겁다는 사람. 결국, 책을 사고 어마어마하게 쌓이는 책을 보관할 장소를 찾아다니느라 평생 수입의 대부분을 쏟아 부어온 사람. 현재 일본에서 '현대의 대표적인 저술가' 또는 '최고의 지식인'으로 불리고 있는 다치바나 다카시가 그 사람이다.

인간은 왜 책을 읽어야 하는가? 아니 왜 책을 읽고싶어 하는가? 다카시의 말을 빌리자면 인간의 지적 호기심 때문이라고 한다. 눈앞에 뭔가 새로운 것이 있을 때, 그것이 대체 무엇인지 알고싶어 하는 강렬한 심리적 욕구를 충족시키려는 존재가 인간이란다. 그러니까 인간의 지적 호기심은 성욕이나 식욕과 함께 가장 근본적인 욕망이며 누구나 가지고 있는 욕구다. 원숭이에서 인간으로 진화되어 온 것도, 인간 사회가 지금의 수준까지 발전하게 된 것도 바로 지적 욕구가 있었기 때문이며 오늘날의 문명 사회는 바로 인간의 지적 욕구의 역사적인 축적 과정에 생겨난 결과물이다. 보통 사람의 눈에 특별한 사람으로 비치는 다카시는 자신을 지적 욕구가 강한 '이상 지적 욕구자'일 뿐이라며, "왜 그토록 알고 싶어하죠?"라는 물음에 "그저 알고 싶어서요."라고 대답할 수밖에 없다고 말한다.

다카시의 독서론은 독특하다. 어린 시절부터 이미 세계 명작을 섭렵하고 그 후 꾸준히 문학 서적이나 교양 서적을 읽어온 그는 회사에 입사하여 논픽션을 탐독하기 시작하면서 문학 작품은 일절 읽지 않게 되었다고 한다. 그 이유는 픽션은 논픽션에 비해 생생한 현실이 제공하는 살아 있는 재미를 담아내지 못하기 때문이란다. 그는 고전에 대해서도 부정적인 견해를 가지고 있는데 과거의 지식을 알고자 꼭 고전을 읽어야만 할 필요가 없다고 말한다. 그 시대를 살아가는 사람 중 다수의 집단이 보여주는 지적 작용이 집적해 가는 방향, 그 방향으로 인간 지식의 총체는 끊임없이 확대와 집적을 반복하고 있고 최신 보고서와 논문 등에 이미 남겨져야 할 과거의 지의 총체라고 하는 것이 들어가 있다고 말한다. 인간이란 보다 많은 것을 알고 싶다는 자극을 받으며 살아가는 존재인데, 현재 인류의 지의 총체가 어떤 방향으로 확대·

왁자지껄 독서이야기

발전하고 있는지에 더욱 폭넓은 관심을 두는 독서 활동, 이것이 바로 그가 말하는 실용적인 독서 활동인 것이다.

그는 전공 분야에 관계없이 폭넓은 주제로 글을 쓰고 강연을 한다. 모두 독학으로 얻어낸 지식이다. 평생 수많은 책을 읽고 써 왔던 그가 전하는 속독법은 그의 경험에서 우러나온 것이라 참고할 만하다. 먼저 많은 책을 읽기 위해서는 그 책이 어떤 책읽기 방법을 요구하고 있는지 재빠르게 판단하라고 한다. 논리를 정확하게 파악해 가며 정독해야 하는지, 필요한 부분과 궁금한 점만을 찾아 읽어야 하는지, 키워드 중심으로 정보만 읽어야 하는지 적절한 방법을 선택하여야 한다. 또한, 문장 하나하나에 얽매이지 말고 대략 파악한 후 필요한 부분을 찾아 세세하게 읽어 나가기를 권한다. 대략 훑어보는 과정에서 의식하지 못하고 있는 사이에 많은 정보가 자동으로 입력되고 있어 어디를 다시 읽어보아야 하는지 중요한 장소를 뇌는 자동으로 알아차리고 기억해 둔다고 한다.

그의 독서는 철저히 목적을 가지고 능동적이고 구체적이며 실용적으로 이루어진다. 매일 수십 쪽에서 수백 쪽에 이르는 분량의 책을 끊임없이 읽어대는 뛰어난 독서 능력은 단지 책읽기에서 끝나지 않고 생산적인 글쓰기로 연결된다. 여러 책에서 찾아내고 뽑아낸 수많은 내용은 그의 뇌에서 다른 지식과 네트워크를 형성하여 그의 글쓰기를 통해서 다시 새 생명을 얻게 되는 것이다. 남들이 어려워하는 과학 분야까지도 독학으로 섭렵하여 전문가 이상의 지식으로 글을 쓰는 그를 보며 많은 사람은 대학에서 가르치는 공부보다 스스로 습득하는 공부의 가치가 더 크다는 걸 깨닫게 될 것이다. 그는 이 시대의 뛰어난 지식의 사냥꾼이며 포획한 여러 가지 지식으로 즐겁게 훌륭한 요리를 해내는 최고의 요리사다.

그는 책이란 만인의 대학이라고 말한다. 무엇인가를 배우려고 한다면 인간은 결국 책을 읽지 않을 수가 없으며 책이라는 대학을 계속 다니지 않는다면 아무것도 배울 수가 없다고 한다. 칠십이 된 지금도 그는 '고양이 빌딩'이라 불리는 그의 서가에서 책이라는 대학에 누구보다도 열심히 다니고 있다. 때로는 책이라는 대학의 한가운데를 하염없이 거닐거나, 노는 기분으로 긴장을 늦추는 행동도 취해 보지만 책이라는 대학을 벗어난 적이 단 한 번도 없는 성실한 사람이다. 더러는 그의 고전에 대한 색다른 의견과 논픽션에 치중된 그의 실용적인 독서법에 반감을 보이는 사람도 있다. 그러나 나는 그의 책에 대한 열정과 삶에 대한 집중력, 인간으로서의 왕성한 지적 호기심, 끊임없는 독서로 경탄할 만한 지적 세계를 구축한 지식인으로서의 모습을 존경하지 않을 수 없다.

-윤미경

　　　　　　　　　　　왁자지껄 독서이야기